MATCH BALL

COLECCION NARRATIVAS LATINOAMERICANAS

ANTONIO SKARMETA

MATCH BALL

EDITORIAL SUDAMERICANA

Diseño de tapa: Patricio Andrade

PRIMERA EDICION
Agosto 1989

SEGUNDA EDICION
Diciembre 1989

TERCERA EDICION
Agosto 1994

IMPRESO EN CHILE

Queda hecho el depósito que previene la ley 11.723.
Impresión y Composición: Valgraf Ltda.
© 1994, Editorial Sudamericana Chilena
Santa Isabel 1235 Providencia, Santiago - Chile
ISBN: 950-07-0564-8
© Antonio Skármeta, 1994

PRÓLOGO

Soy un escritor avecindado en Berlín Occidental por razones algo involuntarias. Como muchos latinoamericanos, tuve que salir con apuro de mi país hace algunos años provisto de documentos insuficientes para conseguir un permiso de residencia en esta ciudad. Pude permanecer algunos meses amparado por triquiñuelas legales de estudiantes de abogacía, quienes se desvivían con más solidaridad que talento por conseguirnos asilo político. Así fue como un día los funcionarios de inmigraciones me metieron en una celda aledaña al aeropuerto con la poco halagüeña perspectiva de fletarme en doce horas de vuelta a América Latina donde sin duda me esperaba una celda con carceleros menos corteses que estos alemanes, quienes para mitigar mi angustia por la inminente expulsión me servían sopa de goulash.

Cuando estaban a punto de meterme en el avión —al que mi imaginación veía como la nave de Caronte— se hizo presente en el salón de embarque la prestigiosa abogada Ana von Bamberg quien, conmovida por un lacrimógeno artículo sobre mi caso del periódico de izquierda local, había abandonado de urgencia su gabinete. La acompañaba un médico, el cual procedió a auscultarme aparatosamente delante de los policías y los pasajeros para determinar en menos de un minuto que estaba gravemente enfermo y que sería un atentado contra la Hu-ma-ni-dad hacerme volar en esas condiciones. Este providente médico era el doctor Raymond Papst, narrador de la novela que será infligida desde la próxima página.

Enterada la picaresca latinoamericana en Berlín Occidental de que me había salvado jabonado gracias a las ficciones de este profesional, cada vez que un compañero estaba en peligro de expulsión me pedían que intercediera ante mi solidaria abogada, quien a su vez activaba al doctor Papst. Así, a fuerza de fastidiarlos, fui trabando una especie de amistad con los dos.

De modo que no fueron los canales deportivos ni los aristocráticos los que me condujeron a ellos.

Tenis jugué desde muy niño en las canchas del Club Anglo-Lautaro con mi tío Mateo en Antofagasta. La ruptura de un meñique —antes del Golpe Militar— interrumpió mi práctica del "deporte blanco", pero no mi entusiasmo por él que se nutrió considerablemente con el éxito de los tenistas alemanes en las postrimerías del siglo XX. En los últimos años me he tenido que buscar otro deporte donde las falanges no jueguen un rol decisivo. Opté por ir a las carreras de caballos los domingos. Este ejercicio me mantiene tan obeso como pobre.

Tocante a la aristocracia mentiría si dijera que no he tenido ninguna relación con ella en Alemania pues es sabido en algunos círculos de esta ciudad —y no lo ignora mi editor alemán, el doctor Piper— que estuvo a punto de concretarse hace años mi boda con una condesa, colega escritora ella misma.

La boda no se realizó en aquella ocasión pues ambos estábamos sumamente casados.

Aparte de esta relación no merodeé mucho estos ambientes encumbrados pues mi actividad de escritor de izquierda hacía que fatigara mi pluma y mi vida en otras urgencias, muy distintas a las que abrumaron a mi médico. Pero precipitados los acontecimientos, me pareció un ejercicio de reciprocidad *asistir con mi compañía al doctor Papst en sus días difíciles.*

Lo visité en largas y locuaces jornadas en Londres, de las cuales surgió la idea de escribir esta novela. Papst estuvo de acuerdo siempre y cuando yo me atuviera a las siguientes reglas: 1) Debía contar la historia tal cual él me la narraba, sin tomar partido ni a favor ni en contra de su conducta o estilo y 2) los protagonistas tenían que recibir nombres que no se parecieran ni remotamente a los larguísimos apellidos reales. Optamos por cubrir éstos con nombres de breve fantasía tales como Bamberg y Mass que no se encuentran en las esferas aristocráticas. Este disfraz insertaba de paso la novela en la tradición del género, alarde que me entretuvo consecuentemente hasta el fin del relato.

Salvo por un par de nimiedades me atuve a estos acuerdos. Una es haber influido indirectamente en su informe a través de un par de libros latinoamericanos para amenizar la biblioteca fantástica judicial, más la novela Ardiente Paciencia *que le regalé junto a una botella de champagne que la disimulaba bien.*

Mi biografía se puede resumir en tres palabras: norteamericano, Harvard, jodido.

Me gradué de médico en una época en que tenía cinco kilos menos de peso y dos kilos más de pelo. Las efusiones eróticas de los *hippies* y las protestas estudiantiles amenizaron mi juventud, pero no dejaron gran huella. Entre los republicanos y los demócratas, voté siempre por los demócratas, menos por mis convicciones económicas que por mi amistad con Jacqueline Bouvier, los Kennedy y Styron.

No permití que nada me apartara de mis estudios, y siempre estuve dispuesto a renunciar a los placeres sociales de Boston para preparar con rigor algún examen. Sería hipócrita decir que no me interesaba abrir cuanto antes un consultorio, prestigiarme como médico y hacer carrera y fortuna.

Mi título de Harvard, unido a una soltería pertinaz, mi disciplina, mis relaciones familiares y políticas, me dieron fama de excelente profesional, y habría llegado a ocupar una cátedra en mi *alma mater* si un día no hubiese tenido la inspiración de asistir a un *cocktail* donde se agasajaba a profesionales extranjeros.

Allí la conocí. Una mujer, cuya ascendencia aristocrática la nimbaba como una aureola a los santos. Que era baronesa, millonaria, culta e inteligente, lo supe antes de cambiar una palabra con ella. Los años de Harvard crean un sexto sentido para detectar en los seres humanos estos defectos y debo confesar que personalmente tengo una debilidad por ellos.

Para mi fortuna, esta mujer tenía una ligera mácula. Sabía italiano y francés, pero no dominaba el inglés. Con orgullo aristocrático, no estaba dispuesta a traficar en un idioma que no manejara a la perfección. Como se sabe, en Estados Unidos se divide a la gente entre quienes hablan inglés y los idiotas. Eso provocó que aquella mujer bellísima se exiliara en un rincón de penumbras a padecer nuestro *chablis* californiano. Me acerqué y le pregunté su nombre. Me contestó con dos frases. "Ana von Bamberg" y "No hablo inglés". Notando su acento, le dije en alemán: "Una virtud que celebro". Y al ver brillar sus generosos ojos verdes en aquel salón, por primera vez perdoné a mis padres que me hubieran mandado a la *Deutsche Schule* de Boston.

Odio a quienes se proponen ser breves, y al cabo de lustros se revela que este enunciado era sólo retórico. Esquivo deliciosos tramos de nuestra relación y consigno los hitos básicos. Meses después del *cocktail* me casé con Ana von Bamberg, me vine a vivir a Berlín Occidental, donde mi suegro nos regaló una mansión y un consultorio alhajado con todo lo que la más moderna medicina puede desear. Aquellos que habían detectado en mí un talento para el arribismo, encontraron en mi fulgurante nueva posición razones para confirmar sus prejuicios.

En honor a la objetividad, debo confesar que un consultorio de esas dimensiones adornado con un original de Duffy y otro de David Hockney no lo habría podido montar con mis propios medios. Así le debo a mi suegro no haber sentido nostalgia en la algo ruda Alemania de mis días mundanos en New Hampshire, pero también el trato con un deporte que fue mi perdición: el tenis.

"Un deporte que fue mi perdición." Rara frase en un médico, convencido de que la mayor parte de los achaques de mis clientes se deben a la falta de ejercicios y al exceso de comidas. Mi prestigio en Berlín aumentó poniéndolos rigurosamente a dieta, cosa que por cierto puede hacer hasta un curandero, pero agregando un detalle que fue la clave de mi éxito: alentaba a quienes perdían un kilo por semana con elogios que harían enrojecer hasta a un escolar. Nada estimula más a un alemán que lo premien por un esfuerzo. Un ejemplo de mi técnica: Si algún día me encontrara con Günter Grass no le diría: "Cuánto me gustó su novela *La rata*, sino "¡Le debe haber costado *años* escribir *La rata*!".

A los pacientes remolones y melancólicos les aplicaba una furia nibelunga. Si no bajaban su vientre entre una visita y otra les espetaba: "Lo lamento, no puedo seguir siendo su médico". Era mi frase de oro. A los quince días volvían magros y esperaban con expresión de cachorro mojado bajo la lluvia mi elogio. Los clientes flacos los refería a mi colega Mollenhauer, un muchacho veinte años menor que yo, pero cuarenta veces más ambicioso. Eran muchos los delgados que llegaban a mí con sus huesos esquizotímicos a plantearme dolencias metafísicas de tal homogeneidad que hallé la confirmación en Berlín de aquel verso de St. John Perse: "en los países más poblados los más grandes silencios". Mis pacientes hablaban conmigo en la consulta, pero no decían *una* palabra durante el resto del mes a *absolutamente nadie*. Mollenhauer los animaba con gestos fraternales. En una ciudad en que no hay cultura del contacto físico les pasaba el brazo por el hombro al despedirlos en la puerta, acariciaba cual un hermano mayor la cabellera de los más jóvenes, y a las ancianas les propinaba un beso en la mejilla. De más está decirlo que semejante terapia me parecía de mal gusto: me costaba hasta estrechar la mano de flacos con enfermedades imaginarias.

Era con los enfermos reales cuando mi talento y dedicación brillaban. Seguía tenso, con insomnio, las alternativas de mis terapias. En alguna ocasión llamé temprano de mañana a un paciente para preguntarle cómo le habían caído las nuevas tabletas que le recetara un día antes. Resumiendo: el aumento de mi fortuna provenía de la rutinaria fuente de los impenitentes comilones, y el aumento de mi prestigio de la devoción e imaginación con que atendía a los enfermos graves. Quiero con esto decirles que soy un hombre de dulce y de grasa. Acepto que en la vida el drama viene mezclado con la comedia. Jack Lemmon, con quien trabé amistad durante sus años de estudio en Harvard, me dijo que en medio de una situación dramática a veces pasan cosas disparatadas y que todo resulta muy divertido mientras no sea uno mismo el que se resbala al pisar una cáscara de banana.

Yo pisé la cáscara de esa banana.

Todo comenzó con el tenis. Mi suegro era un deportista encarnizado. Ferviente partidario de mi terapia me hizo notar que como siguiera disfrutando de los ampulosos *kuchen* alemanes pronto ganaría tantos gramos que mis pacientes no me considerarían fiable. Mi suegro es un encanto y yo diría que su única debilidad es cierta tendencia a sermonear con refranes: "En casa del herrero no podía haber cuchillo de palo". Ergo, decidimos —*decidió*— que yo sería su *partner* en los partidos de tenis que jugaba en el exclusivo *Club de Golf*. Estos tenían lugar los días de semana entre siete y ocho de la mañana con lluvia, niebla, nieve o sol, y los sábados al mediodía. El barón von Bamberg no se había dormido en los laureles de su familia. Al contrario, estimulado por el auge económico en la República Federal de Alemania puso millones en la industria química, con lo cual duplicó su capital en los últimos cinco años. Para abaratar los costos, cada vez que había un accidente en las industrias que rodean el Rhin, sus empleados aprovechaban de tirar los residuos venenosos de sus fábricas en el otrora romántico río. "Uno o dos pescados muertos más no le hacen daño a nadie", decía con sonrisa de niño golfo.

Los partidos con mi suegro en las canchas tersas del *Club de Golf* al poco tiempo dejaron de ser una penosa adulación —cuyos beneficios repercutieron en mi cuenta bancaria— y se convirtieron en un placer. Desaparecieron esos gramos y grasas que con tanto encono combatía en mis clientes, comencé a verme más joven que mis 52 años, y disfruté con mis progresos técnicos. Llegó el momento en que supe con certeza que podía derrotar en cada *set* a mi avesado suegro, aunque por razones obvias me limitaba a triunfar en el quince por ciento de los casos. Comencé a leer revistas especializadas, compré videos de grandes *matchs*, y para mis cumpleaños y navidades sugería que me regalaran raquetas, las cuales coleccionaba con la manía de un filatélico. Busqué entre los líderes del mundo deportivo aquellos con quienes pudiera identificarme. Finalmente consagré a Jimmy Connors como mi profeta: un discreto veterano que rara vez ganaba un torneo, alguien a quien se lo miraba como se escuchaba una melodía de la adolescencia —con una pátina de alegre nostalgia—, pero lo suficientemente activo como para derrotar ocasionalmente a los arrogantes campeones juveniles. En buenas cuentas un ídolo cortado a mi medida.

Aparte de la solidaridad con sus años, no dejaba de sorprenderme esta inclinación hacia Connors. Yo, que siento vértigo ante la vulgaridad y los desbordes emocionales, debiera haberme buscado un maestro menos estridente. Abomino de los gestos obscenos y de las frases picantes que halagan a la prensa deportiva. Los amores en su biografía han sido igualmente enfáticos. Simpática su pasión por Chris Evert, pero demasiado condimento, para un deporte otrora elegante, sus entreveros con Marjorie Wallace, ex Miss Mundo, y odioso su matrimonio con la modelo del *Playboy* Pat McGuire. Se me confunde el orden de los hechos. ¿Me interesó primero Connors por la agresividad de su estilo, herencia de sus tutores Pancho Segura y Pancho González, o justamente por su tortuosa biografía en que el tenis se mezclaba con señoritas del ambiente erótico? No sin temor me hago la pregunta de si mi autoimagen no fue por décadas la de un freudiano super *yo* inflado por los cortesanos de Harvard, mientras en mi subconsciente pugnaba esa caricatura de un demonio libidinoso que la prensa ha querido hacer de mí.

Todo iba de maravilla en mi vida hasta que un fornido adolescente, con la feliz inexpresividad de un colegial aplicado, ganó el torneo de Wimbledon. Desde ese momento, la vida en Alemania se trastornó. Por cualquier cosa los padres agarraban a coscorrones a sus hijos y les decían: "Si te esfuerzas, algún día llegarás tan lejos como él". El banco más poderoso de la República pagaba avisos en los periódicos con una foto del muchacho y el lema: "El esfuerzo tiene su premio". El triunfo apoteósico de este niño, que probablemente celebra aún sus éxitos chupando *Lollypops* o *Milkshakes* en *MacDonald's* fue de modo indirecto la causa de mi ruina. Las canchas del *Club de Golf* se llenaron de niños pecosos —no excluyo que la idolatría llevara a algunos a pintarse pecas de la misma textura que las de su ídolo— que ya a las seis de la mañana mostraban sus desprejuiciados atributos juveniles en las duchas del recinto. El tenis, que era un reducto aristocrático, caro de practicar, se masificó. Los espectáculos de deporte de la televisión comenzaron a dedicarle más espacio al tenis que al fútbol. Un día lunes mi suegro descubrió un floreado *Bermudas* en su exclusivo guardarropas del club. El martes, después de nuestro partido bajo el ruido atronador de miles de raquetazos en todas las canchas vecinas, se desmayó bajo la ducha cuando dos adolescentes se aplicaron vaporizador sobre el cuerpo, y el viernes de esa misma semana me esperaba compungido en la puerta del club. Las canchas no estaban disponibles para ese día debido a un acontecimiento especial "que honra a nuestra institución" (según el cartel sobre la verja). El barón von Bamberg me puso al tanto de los detalles de la infamia mientras me consolaba con un café en el bar: las canchas habían sido clausuradas a los miembros más conspicuos del *Club de Golf* porque una cierta señorita Sophie Mass, competidora con carácter de favorita en el menguado torneo de Berlín, quería entrenar a sus anchas, sin espías, testigos, admiradores, ni serviles funcionarios. De Sophie Mass —la señorita Mass— conocía algunas cosas generales: que era extremadamente joven, acaso catorce años, que era una gacela en la cancha, que contaba con un saque no muy violento producto de su frágil cuerpo aun en desarrollo, y que compensaba estas imperfecciones con su velocidad para ir a buscar la pelota doquiera el rival quisiera colocársela. Se celebraba también la precisión milimétrica con que ponía el balón fuera del alcance de su competidor y su izquierdizante política de no llevar emblemas

Sophie Mass

de firmas comerciales en su camisa argumentando que el comercio no tenía el derecho de usar el deporte. Sabía que esta frase había abierto el apetito de grandes empresas publicitarias, conscientes de que actitudes idealistas como ésas calzan muy bien con una estrellita ascendente, pero que sólo esperaban que Sophie ganara un torneo de importancia para hacerle ofertas que desestabilizarían su —espontáneo o táctico— idealismo. Había leído además un artículo en *Tennis* del visionario experto Ulrich Daiser, profetizando que en los próximos años habría *dos* tenistas alemanas que ganarían el torneo de Wimbledon y oro en una Olimpíada.

El primer nombre era lamentable de tan obvio: un dato que gritaban por las calles hasta los mudos. Con el segundo, sin embargo, ponía en riesgo su prestigio y perspicacia: Sophie Mass. Otras informaciones de mi suegro alentaron mi curiosidad: pudiera ser que por las venas de Sophie Mass corriese (frase textual del barón) más sangre azul que veneno por el Rhin. Una prueba de su poder la tenía frente a mis narices: había clausurado *todas* las canchas del club de Golf para entrenar a sus anchas. Que el directorio hubiera accedido de buen grado a este impulso neurótico, o taimadura infantil, dejando en la calle a prominentes accionistas, indicaba que la pequeña se las traía. Muy claro —agregó el barón—, que la señorita Mass no provenía de un *anónimo* pueblito alemán del seno de una familia *anónima* con apellidos *anónimos* y orígenes *anónimos* como los raqueteros *anónimos* que llenaban las páginas de los periódicos nacionales, sino que tenía clase, rango, abolengo, roce, *pedigree* (textual) y que no se esmeraba en ocultarlo. A estas alturas comencé a comprender por qué el otrora iracundo barón había aceptado con docilidad que se le negara la entrada a la cancha.

De la madre y entrenadora de la estrellita se decía que

madre de Sophie — condesa von
Mass

había hecho interesante carrera —sin gloria— en los años sesenta. Segura de que no alcanzaría nunca el número uno del *ranking* mundial —en vez de vegetar en los potreros como Guillermo Vilas— decidió retirarse de las pistas con una frase que intrigó a los círculos aristocráticos y que hasta hoy cita abundantemente la prensa del corazón: "Abandono el tenis porque estoy preñada. En pocos meses pariré una princesa".

La incógnita persistía de si la condesa von Mass había empleado el término *princesa* en sentido metafórico o si *matter of fact* el padre sería un rey. En los comidillos de palacio se estima que un contacto esporádico y clandestino con un monarca no estaba dentro de lo improbable. De allí que mi suegro se inclinara por tomar el apodo *princesa* en sentido literal. La prensa había hecho un festín de esta incertidumbre y las especulaciones acerca de la paternidad de la princesa solían desembocar en caricaturas donde se la definía con rasgos suecos o españoles sin respeto por el sistema social de Escandinavia ni por la estabilidad democrática de la Península Ibérica en los ochenta.

La esgrima permanente con estas insidias habían acerado la lengua de la condesa von Mass hasta el extremo de hacerla filuda como una guillotina. Y de su hija, la *princesa*, se decía que era tan delicada y bella, que si no era princesa merecía serlo.

Disculparán ustedes que ebrio de curiosidad y animado por el café matutino enfrentara al portero del Club de Golf, lo sobornara con la promesa de atender en

mi consultorio a una hija fustigada por el acné, me
filtrara por los vericuetos tan familiares del campo,
y asistiera escondido bajo las gradas de la cancha
Maud Watson al entrenamiento secreto entre madre e
hija.

La condesa le servía las pelotas a la "princesa" con
escasa ternura filial. Observando el vigor del saque, uno
no podría dejar de pronosticarle cierto éxito en los
círculos profesionales aun a sus años, quizás un par
menos que los de Jimmy Connors. Pero es cortesía inútil
inaugurar este tema con las habilidades deportivas de la
madre. Sophie no contestó un saque de ella, levantó la
raqueta pensativa, la puso sobre su hombro, y durante
un instante pareció escuchar la música de las fibras de su
Snauwaert.

—Mamá —dijo—. Hay alguien en la cancha.

La condesa retuvo su respiración y fue girando la
vista por todo el campo. Me sentí ridículo con mi
conducta de escolar; pero la vergüenza me impedía moverme. ¿Vergüenza de qué? ¿De mirar un entrenamiento de tenis? o ¿es posible que ciertas emociones sean un
flash back de experiencias posteriores y que de verdad yo
ya supiera que había algo extradeportivo en mi admiración y en el escalofrío de mi cuerpo? Como médico
debiera ahorrarme estas preguntas más propias de
macumbas que de la ciencia, mas si alguien me hubiera
dicho hace un año que hoy estaría aquí y que iba a vivir
lo que viví, me le hubiera reído a carcajadas en la cara.
¿Existe, contra toda racionalidad, el destino? Si así fuera,
una discusión sobre mi responsabilidad en los hechos
sería superflua. Pero no creo en el destino ni acepto esa
comodidad como explicación para mis males. Aunque
permítanme matizar *ya* esta violencia positivista: el
destino existe ocasionalmente pero justo en los momentos cruciales.

—Hay alguien en la cancha —repitió Sophie, hablando consigo misma.

—¿Dónde?

—No lo sé, mamá, pero lo siento.

De pronto me pareció que ambas miradas traspasaban las graderías y se centraban en mi cuerpo. Consideré que tenía que salir con alguna galanura de mi posición ridícula. Controlé mis músculos, les di un saludable tono Harvard (apariencia de relajación, pero actitud mental alerta) y caminé como un catedrático distraído hacia ellas. En ese trecho, concebí un par de piropos de *latin-lover*: cursilerías lo suficientemente largas como para que la víctima se aburriera y se olvidara de la ira acumulada. Cometiendo error en el primer saque me dirigí directamente a la muchacha.

—Querida, Sophie. Por favor disculpa a este intruso, a este ladrón de soledades, cuyo único delito es la admiración que te tengo, triplicada ahora que te veo de cerca y puedo comprobar que tu belleza es tan grande como tu talento.

Sophie oyó la parrafada con una semisonrisa irónica, pero fue su madre quien me replicó con un *staccato* más brioso que el de los actores irlandeses.

—Su primera insolencia ha sido colarse como una rata aquí, la segunda dirigirse a una menor de edad antes que a su madre, y la tercera haber tratado a mi hija de *tú*. Por su acento y conducta presumo que es usted norteamericano, esa especie abominable que llama a la impertinencia espontaneidad.

—Le pido disculpa desde lo más profundo de mi ser.

—¿Lo profundo de su ser? Los norteamericanos carecen de profundidad. Son pura superficie.

Rascándome la punta de la nariz, le dije:

—Estaría dispuesto a apostar que su próxima frase será "Yankee go home".

—Le agradezco que me haya ahorrado el trabajo. Adiós. —La madre hizo rebotar la pelota en el suelo.

—Usted, señora, dispara sin desenfundar.

—Lo aprendí en los films de su compatriota John Wayne.

Ignominiosamente derrotado volví hacia la hija en busca de auxilio.

—Sophie...

—Por favor no me aseste otra de sus cursilerías —dijo la muchacha, y me dio deliciosamente la espalda para irse caminando hasta el fondo de la cancha.

—*Aufwiedersehen* —dije—. Esta expresión alemana tiene algo optimista e íntimo que no se encuentra en *adiós* o en nuestro desprendido *good bye.*

Es curioso cómo una turbación descordina los movimientos. Me parecía haber perdido la facultad de decidir adónde iba. Estaba actuando según una especie de libreto que alguien hubiera escrito para mí. Sophie no sólo poseía una técnica impecable, una velocidad mareadora para avanzar del fondo de la cancha hacia la red y depositar amortiguada la pelota en el campo rival sino que hacía todo esto con la gracilidad de una bailarina. Eran sus maravillosos reflejos los que le permitían responder los feroces saques de su madre. No había en Sophie ni un solo músculo desorbitado —en los que abunda la señorita Navratilova— y la irónica mirada que me dedicó mientras su madre me ajusticiaba me pareció más experta que la de una adolescente. Me retiraba confundido por debajo de las innobles graderías, desde donde había espiado el entrenamiento, cuando tropecé en mi madriguera con un pálido joven que miraba embobado hacia la cancha. Pareció no advertir mi presencia. El guión que estaba actuando, me indicaba que le hablara. Para mi perdición, le hablé.

el guión q' estaba actuando

—Veo, joven, que compartimos el mismo vicio.

Me dedicó un gesto despectivo, y volvió los ojos a la cancha.

—Yo desde mucho antes que usted.

—¿Admirador de la tenista?

—¿Admirador? Usted confunde el cáncer con un resfrío.

—Una acusación que me afecta especialmente, puesto que soy médico. ¿Cuál es su enfermedad?

—Sophie.

—Hijo, creo que voy a pedirle que me haga el honor de aceptarme un *milk shake* en *Mac Donald's.*

Había tal desolación en su aspecto que lo tomé del brazo.

—Déjeme en paz —me dijo, al borde de las lágrimas.

—Vamos, muchacho, o nos sacarán de aquí esposados.

Hay un café vienés en la esquina del *Club de Golf* donde asestan unos *Bienenstich* gloriosos. Allí llevé al adolescente, quien parecía haber perdido el habla. Cuando nos trajeron el té dio vuelta como un maniático la cucharita en el líquido. Al cabo de cinco minutos golpeé con un cuchillo su taza para sacarlo del trance.

—Si me permite un paréntesis en este intenso diálogo, quiero decirle que no es necesario que dé tantas vueltas la cuchara en el té pues no le ha puesto azúcar.

Dejó caer el utensilio sobre la mesa y casi se desvaneció sobre el respaldo del sillón. Desde allí me miró con fijeza inquietante.

—¿Es usted tenista? —le pregunté.

—*Era* tenista.

—¿Tan temprano abandonó?

—Tengo diecisiete años. Pero me siento como si hubiera cumplido cien.

—Un poco de té, nono. Le hará bien contra la melancolía.

Ignoró mi sugerencia. Con repentina intimidad puso los codos sobre la mesa, insertó en sus manos la quijada, y me dijo: —Vivo en Madrid, pero desde hace un mes sigo a Sophie por cada país donde hay un torneo de tenis.

—Presumo, por su palidez, que no es una mera afición deportiva lo que la atrae a ella.

—La amo desesperadamente.

—¿Y la beneficiada está al tanto de su enfermedad?

—Se lo he dicho con mi mirada, con mis manos, con mi silencio, con mi presencia en cada ciudad donde ha jugado.

—Me temo que Sophie piense que usted es mudo.

El joven extrajo una débil sonrisa desde el fondo de su tristeza.

—Veo que se burla de mi enfermedad, doctor.

—Al contrario, me es extraordinariamente simpática. Sólo que la popular aspirina no bastará para sanarlo.

Los *Bienenstich* llegaron, y antes de que el mío fuera depositado en la mesa, lo tomé, y le di una profunda mascada. Saboreándolo, dije:

—Me imagino que esos desplazamientos de ciudad en ciudad le costarán algún dinero.

—Uso la chequera de mi padre.

—Un progenitor muy generoso.

—No crea. Es un viejo tacaño. Lo que pasa es que tengo un talento especial para imitar su firma.

Me puse de pie. "Raymond Papst" me había telegrafiado mi intuición "llegó la hora de decir adiós".

—Creo que hice mal en pedir té a esta hora.

—¿Le dio miedo?

—¿Miedo a mí?

—Me invita a tomar té, aun no lo bebe, y ya quiere pedir la cuenta. Váyase tranquilo. Yo la pago.

—Ah, no, hijo. No quiero ser cómplice de un desfalco.

Cuando puse el billete sobre la mesa, el muchacho tomó mi mano y con la mirada me suplicó que me sentara.

—Ayúdeme, doctor.

—¿Cómo, muchacho?

—La madre de Sophie se opone a que ella tenga un amigo. Quiere que sólo se dedique al tenis. Por favor, convénzala de que me permita verla.

—¡Yo! Ya oíste los piropos que me dijo la señora en la cancha.

Extrajo un bolígrafo de su chaqueta y escribió febril sobre una servilleta el número 304.

—Entonces pásele este papel a Sophie. Dígale que estoy en el hotel Kempinski.

—Joven, usted trata sin clemencia la cuenta de su padre. Si en algo le puedo ayudar es recomendándole un buen hotel de sólo tres estrellas.

Estrujé la servilleta en mi mano y tiré el bulto sobre la mesa.

—Usted tiene la culpa de lo que me pueda pasar —dijo el chico, sombrío—. Usted es la única persona que conozco en Berlín. La única persona que me puede ayudar.

—Para combatir esa palidez te puedo dar unas vitaminas en mi consultorio. Aquí tienes mis señas. Tocante a lo otro, sólo te puedo aconsejar un vuelo de vuelta a Madrid.

El joven tomó mi tarjeta.

—"Dr. Raymond Papst" —leyó en voz alta. Miré a mi alrededor como si estuviera ante un tribunal en el banquillo de los acusados—. Sabrá de mí por los diarios.

—¿Qué te propones hacer?

—Usted tendrá la culpa —dijo esta frase dos veces, una en alemán, y otra, para sí mismo, en español.

Cogí el *Bienenstich* del muchacho.

—Si no te vas a servir tu *Kuchen*, me lo iré comiendo por el camino. No resisto estos pasteles.

Camino a casa disfruté el armonioso sabor de la miel y me propuse borrar de mi mente la vaga amenaza del muchacho. Como médico he visto a algunos seres humanos fallecer por causas muy concretas ante mis ojos para que me entrara pánico por una bravuconada de chiquilín. ¿Qué querría decirme?

¿Atentaría contra su propia vida? Lástima, a tan tierna edad, pero era algo que no podía permitir que me concerniera emocionalmente.

¿O se propondría asesinar ya sea a la madre de Sophie o a Sophie misma?

La primera posibilidad —he de confesarlo con rubor— no me resultaba antipática. Pero la segunda, de sólo pensarlo, me hacía temblar. Esa criatura de sólo quince años alcanzaría en pocos meses su esplendor. Ese talento y esa sensualidad estaban en la tierra para proporcionar alegría a la humanidad. Sería un ídolo. Las vidas de opacas muchedumbres —entre quienes me contaba— delegarían en ella sus sueños de belleza y triunfo. ¿Por qué un pálido adolescente, inmerso en su egoísmo, habría de poner en jaque con sus requerimientos inoportunos una carrera brillante?

Me alegró haber concluido de forma tajante el episodio con él y me propuse no ver más a la señorita Mass como no fuera en los periódicos y en las satinadas revistas de tenis. Al fin y al cabo tenía cincuenta y dos

años y el más filosófico de los refranes que le conozco a
mi suegro es: "Agua que no has de beber, déjala correr".
Aspiré hondo el aire primaveral, agradecí la suerte de
haber asistido a la sinopsis de un film que nunca vería
completo y me reconforté pensando en cómo me había
mimado la fortuna: una mujer inteligente, bella, elegante, altruista —pues dedicaba sus mejores esfuerzos
a proteger exiliados de países del tercer mundo a quienes
se los amenazaba con la expulsión—, sin hijos aun que
me causaran angustia por el futuro apocalipsis atómico,
éxito en mi profesión y salud de fierro. Al apartar mis
pensamientos de Sophie y su galán anónimo, sentí
también con agrado que me desviaba del guión que
algún impertinente había escrito para mí. Renacía en la
filosofía del libre albedrío. Mi destino estaba firme de
vuelta en mis manos. En cuanto al joven bravucón y su
pasión incendiaria, lo despaché con una evocación del
Purgatorio de Dante: *Poi s'ascose nel foco che gli afina.**

Pero al llegar a casa me esperaba una nota escrita de
puño y letra por mi suegro no exenta de excitación. Esa
tarde ofrecería un *cocktail* en su mansión para la condesa
von Mass, y para su hija, comillas, la princesa, cierre
comillas, Sophie Mass. Los portorriqueños de Nueva
York que tienen un concepto algo albañil del destino
pergeñaron el dicho: "Si naciste para martillo, del cielo
te caen los clavos".

En caso de no asistir, el barón von Bamberg amenazaba con desheredarme. Caballero que soy, no podía
incomodar a persona tan delicada con ese trabajoso
trámite en la notaría.

_ * "Que arda en el fuego que lo purifica."

El barón von Bamberg se había esmerado por lograr una fiesta inolvidable. Un número de conspicuos banqueros, industriales, familiares próximos o lejanos, gerentes de radio y de la televisión, consumían canapés y licores. En un pequeño estrado había puesto un cuarteto de cuerdas que interpretaba aires un tanto húngaros. Las damas cargaban tantas joyas que Raffles hubiera hecho su agosto. Hasta Ana, mi mujer, se había formado disciplinadamente junto al barón para recibir las visitas. Cuando la controvertida condesa von Mass hizo su entrada, medio mundo se agolpó con la esperanza de reunir material para una antología de chismes. Soy inexperto en el arte de describir atuendos de gala, y aun si el destino me hubiera dotado de dicho talento la tensión de ponerme a la defensiva me hizo recordar más las palabras que las joyas y los trajes.

Tras besar con exagerado énfasis las mejillas de mi suegro, la condesa me miró con la curiosidad que un entomólogo le dedica a un insecto repugnante.

—La condesa Diana von Mass. Mi hija Ana. Mi yerno, el doctor Papst —dijo el barón llevando las pupilas alertas de un extremo a otro de sus córneas.

La condesa congeló su sonrisa, y tras humedecerse los labios, como un nadador toma aire antes de zambullirse, dijo:

—Es usted una pesadilla recurrente, doctor.

—Usted en cambio me parece un sueño.

—Hace quince años me hubiera animado a creerle.

Diana von Mass

Pero el tenis hace envejecer más rápido que el alcohol.

Mi suegro, sin carraspear, habló como si hubiera carraspeado.

—Este pequeño peloteo entre usted y mi yerno me deja estupefacto. ¿Se conocen ya?

—Lo que pasa es que a intrusos como él le tiro las pelotas al fondo, y con efecto. —Y sin pausa, acometió con Ana.

—¿Y usted señora, a qué se dedica?

—Soy abogada.

—Una profesión muy oportuna. Calculo que tarde o temprano tendrá que sacar a su marido de la cárcel.

Antes de que se retirara, me atreví a preguntarle:

—¿Y su hija no viene hoy?

—Le bajó un ataque de rebeldía *punk*. Se fue a meter a una discoteca con el repugnante nombre de "La paloma".

Ana y yo suspiramos al unísono. El coro de curiosos se alejó tras la condesa, consciente de que la jornada prometía. Ese fue el momento en que Ana comentó acariciándose una ceja:

—Espero que la pequeña Sophie no haya heredado la lengua de su madre.

—Oh, no. Sophie tiene la lengua más dulce de la tierra.

—¿Cómo lo sabes?

Qué tramposos son los vericuetos del lenguaje. La inocente ironía de Ana me sumergió en una atmósfera erótica que el guiño con que celebré su pregunta disimuló bien. El presentimiento de la lengua de Sophie resbalando suavemente sobre mi propia lengua me turbó. Atribuyo a esa misma turbación haber abandonado la fiesta, haberme metido en la caseta telefónica infesta de *graffitis* para buscar la dirección de "La paloma", y al no hallarla, haberme dirigido a merodear las

la fatalid.

calles del centro. Esa misma turbación me condujo hasta la avenida principal donde se hacinan los salones de baile y la intuición —o debo decir la *fatalidad*— me hizo bajar las escaleras de un local llamado "El Hipopótamo".

Me ahorro la descripción de esas pequeñas cámaras de tortura para adultos donde se es joven de una manera tan brutal. La música era con todo de Lionel Ritchie, uno de los pocos artistas *pop* a quienes le reconozco cierta sensualidad. Sophie estaba sentada a una mesa al lado de la pista. Miraba hacia un punto distante, y frente a ella, el mismo joven suicida de la mañana le gesticulaba dramáticamente como si tuviera tres o cuatro manos delante de su rostro.

Por algunos minutos disfruté la magia del artificio: el balón de plata giraba en el centro de la pista y repartía un carrusel de colores sobre el público, impulsado por reflectores de color. Una vez era Sophie rosa. Otra Sophie azul. Una vuelta de carmesí me reveló la exquisita textura de su vestido de seda blanco, incontaminado de pliegues, adornos, ni joyas que le dieran volumen. Un vestido tan desnudo como un cuerpo desnudo. A la distancia podía percibir que esa leve tela se levantaba con su respiración: había algo tan demencialmente fresco en la relación entre cuerpo y traje. Era una paradoja, un material que simultáneamente cubría y desnudaba, casi sentí que mi mejilla reposaba contra su ombligo y que remotos y rítmicos golpeaban en mi tímpano cada uno de los latidos de sus venas. Viéndola así, flotar en seda, suscribí de inmediato la tesis realista sobre su condición de princesa. Era una hija de un rey iluminado por la gracia, de un mecenas de las artes que la había engendrado con la asesoría de muralistas del Renacimiento, de músicos arrebatados por una sinfonía, de bailarines que le enseñaron la técnica de la levitación aun cuando sus pies permanecieran hura-

un zombie

ñamente terrenales. Y su cutis, querido Jacques Brel, parecía lavado por las gotas de lluvia del país *ou ne pluie pas*.

Avancé hacia ella como un zombie de cincuenta y dos años entre los adolescentes cimbreantes y eléctricos y me detuve frente a su mesa. No denotó ni la mayor sorpresa. Mi presencia le parecía natural, del mismo rango que el cigarrillo en los dedos del joven o el champagne sobre el mantel. Me sonreía con cordialidad y por primera vez pude ver la hilera de sus dientes donde una cierta gentil imperfección, una leve apertura en el centro, le permitía asomar con picardía la punta de la lengua entre ellos. No describiré las emociones que aquella nimiedad me produjo pues veo que el recuerdo es traicionero y que tiendo a suplantar con imágenes de dudosa poesía la verdad de una experiencia concreta.

—¿Cómo supiste que estaba aquí?

—Tu madre habló de un lugar con nombre repugnante. Supuse que sería "El Hipopótamo"

—¡Yo le dije "La Paloma"!

—Entre un hipopótamo y una paloma hay sólo un par de kilos más, *darling*.

Hice ademán de tomar un sillón de la mesa vecina, pero antes de completar el gesto, saludé con una inclinación de cabeza al joven.

—¿Puedo sentarme con ustedes?

El muchacho me miró con rostro pétreo. Sus sílabas salieron hechas balazos.

—No tengo nada a favor.

Sophie le aplicó una dosis de reproche maternal con la mirada y al ver que el chico me seguía mirando desafiante, le agregó:

—No creo que hagas carrera en el cuerpo diplomático, Pablo Braganza.

"Pablo Braganza." Primera vez que oía su nombre y

Pablo Braganza

augurios, macumbas

desde entonces no lo olvidé. En esa noche de augurios, macumbas, intuiciones, audacias, todo cobraba una relevancia que iba nimbando la trivialidad como el óxido que corroe un objeto. "Pablo Braganza" era esa noche sólo un mocito impertinente inspirado por la desfachatez de sus cortos años y la chequera del padre, uno en un millón entre el repertorio de admiradores de la tenista, quizás más pálido que la media de los alemanes de su edad, tal vez un poco más impulsivo por su origen español, a lo mejor más buen mozo pues el acné juvenil no había dejado heridas en su piel lívida y poseía unos flamígeros ojos negros de los cuales parecía colgar la marca de fábrica en Andalucía. ¿Por qué entonces la mención de su nombre me produjo una imagen inquietante? ¿La tosca soga en la celda del condenado a muerte?

Braganza no hizo caso al comentario de Sophie. Al contrario, con insolencia que ya merecía al menos un tirón de orejas, tomó la tela de mi chaqueta, y dejando que una sonrisa cínica le resbalara por los labios, me dijo:

—Mire doctor, este local es para gente joven y no para depravados.

En la esperanza de librarme de este asedio desvié la vista hacia Sophie. Se había derramado sobre el silloncito de terciopelo y sus piernas estaban abiertas y extendidas en un repentino arrebato de informalidad infantil. Esta observación, sin embargo, no me condujo a la prudencia sino al hechizo. Es sabido que en estados de alta vulnerabilidad el ser humano se muestra indefenso frente a los embates.

—¿Qué buscas aquí? —dijo ella, haciendo desfilar el borde de su copa sobre los labios.

—Defender mis sueños —improvisé—. Quiero verte

el hechizo

ganar mañana y pensé que una noche de juerga no te
sentaría bien.

—Me las he arreglado durante quince años sin un
padre. No creo que sea el momento de adoptar uno.

Lentamente paseé la palma de mi mano sobre la
solapa de la chaqueta, refugiándome en ese gesto.

—¿Tú crees que quiero ser tu *padre*? ¿Tan viejo me
encuentras?

—Tan viejo, no, doctor Papst —intervino Pablito
Braganza—. Digamos que está dando el último resplandor de la fruta antes de pudrirse.

Un adolescente me ponía K. O. en un improvisado
intercambio verbal. Mis años de Boston, mis pretensiones de tipo alerta que siempre tiene el ingenio en la
punta de la lengua para castigar a pedantes e impertinentes fueron estériles para aliviar mi mudez. Comprendí que estaba descentrado. Un hálito de cordura me
permitía mirarme con algo de objetividad: sólo en el
seno de mi familia podría reencontrar mi equilibrio. Me
disponía a abandonar el club con una sonrisa de cocodrilo,
cuando Sophie saltó de la mesa al oír el inicio de otro
sinuoso tema de Lionel Ritchie, y sin esperar que alguien
la acompañara en la pista, comenzó a bailar con tal
abandono de sí misma que su fragilidad y ligereza
quedaron más expuestas que nunca. ¿Resulta incomprensible si admito que aquella belleza me causaba
dolor? Como un contrarritmo a las *palabras* de Ritchie
donde la *palabra* fiesta sonaba una y otra vez recordé las
palabras del poema *Palabra* de Merwin y me pregunté si
eran las *palabras* en inglés del cantante las que me
evocaban esas *palabras* de Merwin que debieron haberme
permitido sustraerme al hechizo de la princesa: *when the
pain of the world finds words they sound like joy and often
we follow them with our feet of earth and learn them by heart*

*but when the joy of the world finds words they are painful and often we turn away with our hands of water.**

De pronto Sophie extendió sus brazos siguiendo el ritmo de la música. Los abrió casi ceremonialmente y los recogió hacia su pecho indicándome que viniera a bailar con ella. Mantuvo su convite con la mirada fija en mis ojos condimentada con la misma travesura con que había asomado la punta de su lengua entre los dientes, sin agitar su cabello como se esmeraban en hacerlo los otros bailarines, pero rotando el resto de su cuerpo como si hiciera girar un aro invisible en la cintura.

Todo hablaba a favor de aceptar el convite: mi inconsciencia, mi fascinación —que es buena excusa para la irresponsabilidad— y el hecho de que fuera un ritmo relativamente suave que no me expondría a contorsiones ridículas en medio de esos adolescentes elásticos y cimbreantes. Todo hablaba a favor de bailar con ella, y sin embargo no daba el paso adelante. ¿Un último toque de cordura? Sophie seguía allí, los brazos invitadores y acogedores, la cadera llena de promesas, la seda impregnada del aroma y la temperatura de su piel, la luz azul de la discoteca que la apartaba de la realidad y me evocaba las figuras de los primeros filmes en color de mi infancia.

Mi dilación fue fatal. Un *rocker* casi de caricatura, chaqueta de cuero, anteojos oscuros, pelo desgreñado y aceitoso, olor a tabaco negro y a bencina de moto, avanzó hacia ella, la cogió gravemente de la cintura, y Sophie se dejó envolver estrechamente y apoyó su

* cuando el dolor del mundo encuentra palabras / éstas suenan alegres / y a menudo las seguimos con nuestros pies de tierra / y las aprendemos de memoria. / Pero cuando la alegría del mundo encuentra palabras / éstas son dolorosas / y a menudo las rechazamos con nuestras manos de agua.

mejilla en la barba sin afeitar del hombre, y bailaron en este estilo que en mi juventud se llamaba *cheek to cheek* y cuyas delicias inmortalizara Irving Berlin en un *hit* que hoy ya nadie canta por ridículo.

Salí de la discoteca a la noche de invierno enfermo de humillación, frustración, vagas nostalgias, cansancio.

¿*época del año era?*

Si en los entreveros de la noche Sophie irradiaba una luz secreta a tono con las turbias intenciones de la discoteca, bajo el inofensivo sol berlinés y sobre la dura grama de la cancha *Maud Watson* parecía una figura alada. Se desplazaba dejando volar sobre su cabeza las pelotas que le servía su rival levantando la raqueta más como saludando al balón que con ánimo de acertarle. Si esta actitud uno la hubiera confundido con desgano, pronto tendría evidencias de lo contrario. Tras un largo intercambio, su rival la encontró encima de la red y con malicia le tiró el balón sobre la línea del fondo. Usé la palabra *alada* para definir mi primera emoción, y en ese instante comprendí que no era una figura literaria. Sophie Mass estaba en el exacto punto donde el balón había rebotado en menos de dos segundos. Su rival, una simpática brasileña de apellido Medrano o Medrado, vio volver la pelota a su campo sin atinar a desplazarse. Oyó los aplausos del público con los puños en la cintura y la actitud desolada que asumen los arqueros de fútbol cuando el balón duerme en el fondo de su red.

Mi suegro volvió a poner su mano en mi rodilla, y comencé a comprender que ese era el gesto de los instantes trascendentes. Me apretaba la rótula en vez de decirme: ¡qué maravilla de muchacha! y en efecto,

Sophie logró el primer *game* sin punto en contra en cuarenta segundos. Cuatro bolas servidas en el mismo punto, con la misma velocidad, el mismo efecto, la misma alegría de jugar que levantaron al público de las gradas con exclamaciones de asombro. Tras la última pelota se sumó la risa a los aplausos. Es que la mecánica de cómo había conseguido los puntos era tan monótona que parecía chaplinesca. Desde allí en adelante ganó los *breaks*, y en menos de veinte minutos tenía el primer *set* 6 a 0 en su bolsillo. Tomé los prismáticos del barón para observar qué cocinaba la duquesa von Mass con sus manos bajo el banco del entrenador. ¡Ajá! Hacía girar con cautela el corcho de una botellita *piccola de Moet-Chandon* extraída de un balde con cubos de hielo cubierto por una toalla blanca. Había razones justificadas para cantar ya victoria, y aunque no vio mi gesto, alcé mi mano brindando por su inspiración de haber puesto en el mundo a esa *princesa*.

Sophie ganó, como era previsible, los cuatro siguientes *games*, con algo más de esfuerzo aunque no menos precisión. Pero a la altura del quinto juego, cuando servía la señorita Medrano, algo la distrajo en las tribunas y perdió el punto sin tino. A la pelota siguiente, no hizo siquiera amago de réplica. El público creyó ver en esta conducta un gesto generoso hacia la rival. En verdad, a ninguna tenista le gusta retirarse a los camarines con un 0-6 humillante como una catedral. Sophie (era el veredicto de los primeros murmullos) le estaba salvando el honor: le obsequiaría un *game* de consuelo, y en los dos próximos le propinaría el tiro de gracia para no dilatar la agonía. Hubo un aplauso diplomático para la joven brsileña, y los espectadores se aprontaron para la gloriosa culminación de la faena.

Vino el saque de Sophie y en las dos ocasiones el balón se hundió en la red. La condesa intentó tapar el

botellita "piccola" de Möet-Chandon

champagne con el mismo corcho, hazaña que ni Hércules ha conseguido. ¿Una celebración prematura? En la nueva partida la pelota sobrevoló tímida la red, y la señorita Medrano consiguió su punto con un remache impresionante. Mi suegro me miró inquisitivo, luego apoyó ambas manos sobre su característico bastón y puso sobre ellas la quijada. Me di cuenta de que habíamos sobrevalorado la generosidad de la *princesa*. En la laxitud de sus movimientos pude advertir falta de *stamina*. Sus maravillosas glandulitas suprarrenales no estaban descargando las hormonas del triunfo. Le faltaba eso que con tanta gracia metafísica los comentaristas deportivos llaman "mentalidad ganadora". Antes del próximo saque Sophie agitó frente a su rostro la raqueta, como abanicándose, hizo amago de caminar hacia el juez para decirle algo, y se desvaneció sobre la cancha.

Junto con el público me puse de pie.

Como en los mejores lugares comunes del cine, el árbitro preguntó por la presencia de un médico en el público, y como escrito en el guión que reasumía, me abrí paso dramáticamente entre la gente, y pedí a los asistentes que trasladaran a la *princesa* a los camarines.

Los años de aristocracia no impidieron que la condesa von Mass hiciera un numerito de *mamma* italiana sobre el cuerpo de su hija y mezclando empellones y palabras tranquilizantes me libré de ella. Al barón von Bamberg le adjudiqué la delicada misión de no permitir que nadie interrumpiera mi terapia. Puse mi mano sobre la frente de la *princesa* y en un impulso ¡que sólo los hechos posteriores harán justificable! unté mis labios y mis mejillas con la transpiración de su frente. Hice lo que todo manual de primeros auxilios recomienda para recuperar la conciencia, y cuando abrió los ojos, sostuve sus manos frías entre mis palmas e intenté transmitirle la calma que necesitaba con urgencia.

—¿Dónde estamos? —preguntó.

—En los camarines. Sufriste un desmayo.

—¿Por qué?

—Es lo que tenemos que averiguar.

Extraje un termómetro de mi chaqueta, lo agité, y le hice señas de que abriera la boca. Me miró y apretó tercamente los labios. En los ojos se le asomó una sonrisa. Ese gesto me reveló el éxito de mi terapia.

—Vamos. Es sólo un inofensivo termómetro.

Abrió lentamente la boca, y cuando acerqué el objeto mordió entre su lengua y los dientes el dedo que lo sostenía.

—Me parece, pequeña, que tu enfermedad se llama *antropofagia*.

—¿Como los caníbales que se comen a la gente?

—¡Ajá!

—¿Tú crees que quiero devorarte?

Me pasé la mano libre por sobre el tabique de la nariz y susurré con imprudencia:

—Por ser masticado por esos dientes daría gustoso la fortuna de mi suegro.

Sophie sonrió, sin aflojar la presión sobre mi dedo. Miré hacia la puerta, y me llegaron los ecos de un alboroto. Luego la voz autoritaria de mi suegro imponiendo silencio.

—Si tu madre entra ahora y ve con qué fruición lames mi dedo me convertirá en cadáver *ipso facto*.

La chica aflojó la presión, y le puse el termómetro bajo la lengua.

—¿Bebiste algo anoche?

—Con *ezta coza* en la boca no *pueo hablá*.

—No importa. ¿Qué tomaste?

—*Champan.*

—¡Con un cheque de papito!

—¿Qué?

—¿Y después de la discoteca, qué hiciste?

—Me fui a *domí.*

Le saqué el termómetro, y mientras lo levantaba para leer su temperatura, ella lo reemplazó con la punta de su meñique. Ese gesto me inspiró la siguiente pregunta:

—¿Sola?

—¿Sola?

—Si fuiste a *dormir* sola.

Inesperadamente para alguien que se había desmayado hacía pocos minutos lanzó una carcajada que parecía provenir de pulmones más vigorosos que los de su cuerpo y levantando sus piernas en el aire pedaleó jubilosa en el vacío.

—¡Estás celoso, Raymond Papst!

—Sophie Mass: mis servicios profesionales han concluido. Le receto una aspirina.

Hice amago de levantarme. Al instante ella borró la risa de su cara, y una nueva expresión adulta se desprendió de sus rasgos. Sus fotos en la prensa falsifican siempre su naturalidad. Debo informar que en la intimidad, sus ojos color miel transportan una mirada teñida de algo secreto, indefinible para un hombre torpe con las palabras. Sé que acierto y miento al mismo tiempo si digo que esa mirada tenía algo sexual. Puso su rostro en mi chaqueta y raspó una y otra vez la frente en la tela.

—Ayúdame, Raymond.

—¿En qué?

—Anoche no dormí en mi hotel.

—¿Dónde entonces?

—En el Kempinski.

Clavé la mirada en el punto rojo del termómetro y sentí que los músculos de mi cara se endurecían. Allí estaba Sophie Mass gira y gira en la discoteca y sobre su pelo suelto, castaño, daba vueltas la gran bola plateada que la bombardeaba con sus luces irreales, y ella extendía sus brazos y me invitaba a bailar. Recordé la melodía de *Daddy Long Legs,* con el bueno de Fred Astaire, que parecía el paradigma del aristócrata sin haberlo sido nunca: *when an irresistible force such as yours, meets an old object like me, something gotta give.*

—El Kempinski —atiné a repetir, después de un rato.

La chica hundió sus uñas en las hombreras de mi saco.

—Pablo me dijo que si no iba con él al hotel, se suicidaría.

La aparté y poniendo mis manos en sus hombros le dije con un tonito didáctico que ocultaba a la perfección mi ira:

—Querida, ese es un viejo truco de amantes despechados. Sólo con una inocente como tú pudo haber tenido éxito.

—¡No hacía teatro, Raymond! Cuando quise venirme a la cancha tenía en una mano un revólver y en el otro un frasco con tabletas. Me dijo que yo sería culpable de lo que le pasara si no volvía esta tarde.

—Creo haber oído ese texto antes. Entonces ¿no dormiste anoche?

Sophie negó muy grave con un movimiento de la cabeza, pero al leer mis suposiciones un relámpago de picardía le cambió la expresión. ¡Dios mío! Sophie Mass era inasible. Las contradicciones de su conducta me mareaban. Te ponía en un terreno pantanoso donde no era posible afirmarse en ninguna actitud frente a ella.

contradic de la conducta de Sophie

Podía tener quince, trece o veinte años. Podía mentir o ser tajantemente seria.

—¿No dormiste ni un poquito?

—No —sonrió, o insinuó, o hirió, o provocó, o invitó, o se burló, o me rogó.

—Eso explica el desmayo. No se puede jugar un partido profesional de tenis sin haber dormido la noche anterior.

—¿Qué hacemos?

Lo dijo así, en plural. Había algo que teníamos que resolver *en común*. Como si tal cosa. Seria, definitiva.

—Mi consejo va contra la ciencia. Lo que tendrías que hacer es irte a descabezar una siesta (una expresión que se me quedó grabada desde mi infancia cuando leí *Tortilla flat* de Steinbeck), pero sería una tragedia para mi suegro que su ídolo perdiera por *walk out*. Además, mi reputación de médico milagrero se arruinaría. *Ergo*, vuelves a la cancha, ganas los dos puntos que necesitas, y después a dormir con los angelitos.

—¿Y tú?

—Yo oiré de tu triunfo por la radio, y la entrevista con la ganadora probablemente en la cárcel.

—Raymond —me dijo con expresión trascendente— gracias.

Subí al coche con una energía digna de mejor causa. ¿Quién me mandaba meterme en líos que no me concernían, y por qué lo hacía casi con entusiasmo? Nada de lo acontecido con Sophie y su familia indicaba que jugara al buen samaritano. Su madre, y el astuto enamo-

Sophie jugaba al gato y al ratón c'el
es decir q'todavía no ha meditado so
sufici co' p'asumir q'eso es cosi l'actica
42 ha hecho c'el

ANTONIO SKÁRMETA

rado, me habían dejado en ridículo cada vez que el azar
o mi torpeza me los había puesto por delante. En cuanto
a Sophie misma tenía la impresión de que jugaba al gato
y al ratón conmigo. Pero me halagaba la amistad con
una estrellita de moda y sentía ternura paternal por una
muchacha sometida a las duras tensiones del tenis
profesional. Mi consejo de la noche anterior en la discoteca había merecido de su parte un tajante rechazo: no
le hacía falta un padre. Ahora, claro, pagaba el precio de
su soberbia. Mas ¿quién le exigiría madurez a una
quinceañera? No la iba a dejar en la estacada por un par
de frases insolentes. Por otra parte, ¿qué padre se lleva
bien con un hijo adolescente? Yo mismo pasaba años en
Boston sin visitar a mi progenitor, y cuando lo hacía, tras
los efusivos abrazos de bienvenida, caía en un abismo
de incomunicación que llenábamos con lugares comunes y sentimentales evocaciones de mi infancia. No
alcanzaba aun a discernir si entre la condesa von Mass
y Sophie habría roces o tensiones. Pero era probable. El
mundo del tenis mueve toneladas de dinero y una
madre soltera fustigada por la ironía de una clase
inclemente tendría que ser adicta a la compensación de
una economía sólida. La vida normal de una adolescente le estaba vedada a Sophie. ¿Por qué no tenderle
una mano en esa encrucijada?

Irrumpí en la habitación 304 del Kempinski en el
mejor estilo de los filmes criminales. Pablo Braganza
saltó electrizado de su cama.

—*Okey*, muchacho —dije—, vengo a ayudarte a
empacar.

—¡Fuera de aquí! —me gritó.

Avancé hasta el velador, cogí el frasco con tabletas, y
las derramé sobre el lecho.

—De modo que estas son las famosas tabletas suicidas. ¿Cuántas tomaste?

Diana von Mass es madre soltera
ambiciosa y materialista

—¡No se lo pienso decir!

—¡Cualquier tribunal del mundo civilizado, incluso uno alemán, te condenaría por falsificación de firma y por chantaje! Dame el número de tu padre en Madrid.

El chico se abalanzó sobre el teléfono y lo cubrió con una mano. Una vez más acertaba la terapia. Me miró con aspecto desvalido.

—Mi único delito es estar enamorado, doctor.

—Con esa frase puedes componer una canción de moda, pero no puedes arruinar la vida de Sophie. ¡Haz tu maleta!

—¡De Berlín sólo me voy si Sophie parte conmigo!

Lo agarré brutalmente de la camisa y lo sacudí sin dejarme ablandar por su espanto.

—¡Escucha, carajito! No voy a tener piedad contigo. Sophie se desmayó en la cancha porque amenazaste con un suicidio y para sugerir que habías cumplido tu amenaza no te apareciste en el estadio. Eso no es delirio romántico al estilo de los héroes de Goethe sino simple y llanamente estrategia maquiavélica para desestabilizar psíquicamente a una chiquilina. Te llevo al aeropuerto. Vuelas a Frankfurt, y de ahí a Madrid.

—Si no se va inmediatamente me tomo todo el frasco ahora mismo.

—Los años de oficio me permiten decirte que en ese frasco había sólo aspirinas. Si te las tomas todas te agarrarás una acidez estomacal que pudrirá tu joven bilis.

—Hay otros modos de arreglar el problema.

Chasqueé los dedos como un gitano tocando castañuelas, y luego palpé demostrativamente el bulto en el bolsillo de mi saco.

—Si lo dices por tu revólver, ya lo tengo aquí dentro.

—Eso es un robo.

Saqué del closet un par de camisas y las puse maternalmente en la fina maleta de cuero.

—A la policía le interesará más que saber *quién* te lo robó, de dónde sacaste *tú* el revólver. —Viéndolo dispuesto a resistirse, pues avanzó hasta la valija y tiró con furia sobre la alfombra el contenido, le apliqué otra dosis de mi terapia frontal:— Y dicho sea de paso, a tu padre también le interesaría saberlo.

Marqué el número de informaciones.

—¿"Braganza", Madrid, no?

El muchacho vino lento hacia mí, puso con calma un dedo sobre el puente del teléfono, tomó el aparato de mi mano, y lo volvió a su lugar. Abatiéndose sobre la cama, dijo: —Cuando le confesé mis preocupaciones, jamás pensé que usted sería un delator.

Esa actitud dócil me resultaba más simpática. Detesto a los personajes incapaces de darse a la verdad de los hechos, y a quienes, maniáticos, insisten más allá de lo que la paciencia puede tolerar en sus estridentes conductas. Pablo, triste, tranquilo, puesto en sus casillas, me resultaba tan agradable como cuando coespiaba el entrenamiento en el Club de Golf. Me senté a su lado y le dije con un cariñoso tono profesional:

—Vamos a prescindir de la delación. En cambio te llevo al aeropuerto, le haces uno de tus famosos chequecitos a Iberia, y esta noche meditas con toda calma en una tasca cómo sigue tu vida.

—¿Y Sophie?

—Sophie juega el fin de semana en Francia.

Nos levantamos y volvimos a meter sus prendas en la maleta; yo con prisa, él con la velocidad de un obrero en huelga. Mientras devolvía las tabletas de la muerte al frasquito, le tomé el sabor con la punta de la lengua a una de ellas. Imbatible en píldoras, Raymond Papst: el clásico gusto del ácido acetilsalicílico. Mientras enrollaba un par de calcetines trajinados, el joven preguntó casi sin esperanza:

lo nueva Tapsta
Pablo

—¿Le dijo Sophie algo de mí?

—Que eras un chico encantador, que te tenía un cariño inconmensurable, que eras uno de los pocos españoles que mantiene los modales cortesanos pero que ella está aún muy joven para un compromiso *estable*.

Me oyó con un interés tan ingenuo, e hizo un ademán tan afable al poner su brazo sobre mi hombro, que me sentí su compinche de toda la vida.

—Yo me declararía feliz si pudiera mantener con ella relaciones *esporádicas*. Sé que tengo mucho que darle, sé que amándola saco lo mejor de mí.

—No sé si esa frase narcisista confirma necesariamente que la amas. Cuando uno ama vive para el otro, desea el éxito y la felicidad del ser amado, no se pone en su camino para obstaculizarlo. Tú tomas como real sólo lo que existe en tu interior, las cosas no existen para ti en sí mismas sino que tú las vives en función de la utilidad que ellas pueden tener para ti. Sophie es una creación tuya, un símbolo de tu vida interior. Con un atractivo extra: que este símbolo es objetivamente un ídolo.

El muchacho retiró la mano de mi hombro. La unió a su otra mano, entrecruzó los dedos, y los hizo crujir con fuerza.

—¿Usted no tiene una buena idea de mí, verdad doctor?

—La mejor del mundo. Pero no puedo dejar de decirte lo que me indica la experiencia.

Se pasó muy lento la punta de la lengua por los labios, humedeciéndolos. Los tenía carnales, bien delineados. Así decaído y derrotado, era inmensamente bello.

—Vamos —dijo sombrío.

No quise ver cuando pagaba la cuenta del hotel por razones obvias. Me mantuve a distancia, pero no tanto que no me impidiera cortarle el camino por si optaba por otro rumbo. Advertí sin embargo que una mujer en

Sophie: símbolo. ídolo

la recepción observaba a Pablo con interés. En un momento
el joven percibió la mirada, y la mujer le sonrió echándose
el pelo hacia atrás con un ademán voluptuoso. Pablo le
sonrió y la mujer retornó su sonrisa. Luego vino hacia
mí balanceando la maleta con aire distraído.

En el auto no dijo una palabra. Conduje lento, evitando prestarle atención a la arquitectura deprimente
de la ciudad. Me recordaba el _Far West_ donde cada uno
levantaba su carpa a su propio amaño sin clemencia por
las reglas del urbanismo. Para aliviar la tensión encendí
la radio y sintonicé una emisora que tocaba música de
cámara. Pablo comenzó a seguir el ritmo golpeándose el
muslo con las puntas de los dedos. Ante una luz roja,
dijo con voz repentinamente adulta:

—El Cuarteto en Do Menor de Brahms en la versión
del Cuarteto de Cuerdas de Tokio. —Perdió la mirada
en el vacío y añadió:— Así me siento. Como esa música.

La identificación de la pieza, más su comentario, me
dejaron perplejo. Me lo había imaginado un niño re-
galón, un poco gangsteril, aficionado a los yates y a los
coches deportivos, y tal vez amante de la música _rock_.
Esta repentina erudición ponía en jaque mi repertorio
de lugares comunes. Ahora vi que su vestimenta tampoco se compadecía con la moda estridente de las
grandes ciudades europeas: tonos oscuros combina-
dos de manera original, ninguna pretensión por mostrar el prestigio de la marca en una época donde la
etiqueta se ponía casi como un grito en mitad del
corazón, una cierta evocación de una época romántica
en los sobrios encajes de su camisa, completa _noncha-
lance_ en las cálidas arrugas de su saco.

Pero antes de presentar su pasaporte en la caseta de
policía del aeropuerto, se volvió hacia mí:

—Doctor Papst, esta historia no termina así no más.

Y con un gesto ordinario que me sumió en una mar

de contradicciones (pido disculpas por la grosería del verbo) se *agarró* el sexo y se lo sacudió masturbatorio.

—¿Qué cree que hicimos anoche con Sophie? ¿Tomarnos de la mano? —dijo, casi masticando las palabras.

—No me interesa saberlo —respondí, rojo de ira, de vergüenza, mancillado por su grosería, a punto de abofetearlo.

Nos dimos simultáneamente de espaldas, él hacia su Boeing, yo rumbo al auto. Supe que no podría conducir sin poner en peligro mi vida y la de los transeúntes. Permanecí atónito con las llaves del coche en la mano apretándolas hasta que me causaron dolor. Me cocinaba de rabia. ¿Quién, Dios mío, me mandaba meterme en este conflicto de adolescentes? Tendría que buscar el apoyo de mi joven colega Mollenhauer para que me aclarase las profundas raíces freudianas de mi disposición a ayudar más allá de lo que la cordura recomienda. ¿Qué me diría? ¿Que estaba poseso de una insatisfacción narcisista producto de alteraciones infantiles en el desarrollo de la autoestima? ¿Que mi conducta revelaba un sadismo sublimado? ¿Que era incapaz de expresar sentimientos agresivos y estaba siempre dispuesto a limar las asperezas para buscar soluciones sensatas? Ese gesto obsceno era un inmerecido atentado a mi educación, a mi clase, a mis ideales. ¿O era algo diferente a todo eso que mi confusión no acertaba a definir?

Fui hacia el bar del aeropuerto y apuré un whisky con abundante hielo. Mientras jugueteaba con un cubo en mi lengua en llamas, hice un balance de la situación. Misión cumplida. Sophie había ganado su partido y mi suegro podría ufanarse de los servicios profesionales de su yerno. La condesa von Mass ya habría perdonado mi impertinencia del primer día y tendría el jugoso cheque del torneo en su cartera nacarada. El juvenil estorbo iba en vuelo hacia los brazos de su padre en Madrid, complaciendo la petición explícita de la hija y la tácita, imaginé, de la madre.

Todo en orden. Punto final.

Nocte dieque incubando, contestó Newton cuando le preguntaron cómo pudo escribir el sistema mecánico del Universo. *Pensando en ello día y noche*. Imágenes perturbadoras de Sophie las expulsaba del escenario moviéndome muy claramente en el reino del *deber ser*. No *debía* ver a la princesa en otra perspectiva que la de un *fan* del tenis o de un médico azaroso. Cierto que en los camarines había llevado la yema de mis dedos con su sudor hasta mi lengua, pero aún estaba en condiciones de hacer una lectura simbólica de esa actitud: era un homenaje a un talento deportivo, al fruto de su empuje; una insignificancia, una uvita arrancada a la inmensa viña del señor. Además no *debía* ver a la princesa como *cuerpo* primordialmente. Los años en Alemania me habían familiarizado con una visión más profunda e intensa de la mujer y me cuidaba hasta de la más mínima broma que pudiera pasar por sexista. La misma Ana me había educado en detectar los puntos que más irritan a la mujer postmoderna: en primerísimo lugar, la celebración desproporcionada de la belleza física sobre los otros méritos, pues es un tópico tan arraigado en hombres y mujeres que hasta grandes poetas caen en la trampa de cargar a las damas de epítetos como quien cuelga campanitas a un árbol de

navidad. Cada vez que me era irresistible pronunciar
un piropo me valía de una gran retórica verbal y ges-
ticulatoria donde se apreciara con transparencia mi
actitud autoirónica. Ana me recomendaba incluso
abstenerme de tanto aparataje, pero a este extremo no
podía llegar. Pertenezco a una sociedad más joven, más
mixta, imprudente y locuaz que ésta, y arrancarme a tal
grado la espontaneidad me hubiera causado una neurosis.

Pero si huía de esas imágenes con que el inconsciente
me bombardeaba caía al abismo de Pablo Braganza.
Una y otra vez volvía su gesto de apretar melancólico el
colgador del teléfono en el hotel, el sorprendente drama-
tismo de identificar su sentimiento con Brahms, y finalmente el odioso gesto antes de embarcarse que me
humilla hasta volver a mencionarlo. ¡Debí haberlo
abofeteado, estrangulado, en vez de irme con la rabia
ardiente cual un escolar se lleva un difícil ejercicio de
álgebra para resolver en la casa! *Ergo*, de vuelta a
Sophie.

La piedad de Dios es infinita: después del domingo
comenzaba la semana con un lunes apoteósico en que
convergieron al consultorio batallones de ancianas
moribundas, niños con los fémures quebrados o amig-
dalitis de purulentos estreptococos, y, como la gota que
rebasa el cántaro, un matrimonio pakistano enviado con carácter de urgencia por mi mujer, Ana. No se
trataba en este caso de curarles una enfermedad, sino de
inventarle una. Creo haber mencionado que Ana es la
única extravagancia en la familia de los Bamberg. En vez
de asistir a grandes firmas y consorcios, Ana practicaba
una abogacía digna de un misionario: les conseguía
asilo político a africanos, árabes, polacos, chilenos, y el
día en que haya dictadura en Marte, les va a conseguir
permiso de residencia en Berlín a los marcianos. Es su

el h. es 1 médico clínico

manera de ajustarle cuentas a la familia. Dudo que el
barón von Bamberg haya colaborado con el nacionalso-
cialismo, pero no me consta que lo hubiera resistido. Me
imagino que celebró descorchando un champagne la
derrota de Hitler, pero no me cabe en la cabeza que
hubiese ocultado en su mansión a un judío, como
hicieron algunos aristócratas para quienes Hitler era un
guiso con demasiada grasa. Fueron tantos los alemanes
que salieron al exilio, que una vez recuperada la democracia se les despertó a todos aquí una vocación
humanitaria y crearon leyes que harían de este país la
tierra de promisión de los exiliados. Una cosa es el
espíritu y otra la letra. Tras años de desempleo, la ley de
exilio es más generosa que los gobernantes jaqueados
por los cesantes, y el gobierno ha creado un ejército de
sagaces leguleyos que prueban hasta la ignominia, y a
veces hasta conducirlos al suicidio, el derecho que les
asiste a los extranjeros a ser reconocidos como exiliados.
Cuando los pobres candidatos sin dinero, sin idioma,
sin conocidos, sólo con ganas de sobrevivir, son declara-
dos aptos para volver sin riesgo a las dictaduras de las
cuales provienen, los meten en un cuarto que se llama
"la sala de expulsión". De allí sólo se los saca con tram-
pas dilatorias para evitar que los monten al avión en
cuarenta y ocho horas. Una de estas tretas es certificar
que los clientes están tan gravemente enfermos que
sería un atentado contra la humanidad —Ana escribe en
sus libelos la palabra *humanidad* con mayúsculas para
darle el preciso martillazo moral a la cabeza del policía
de turno— obligarlos a viajar y... ¿Y quién es el profesional samaritano que le proporciona estos certificados de
mala salud a tan selecta clientela? ¡Doctor Raymond
Papst! El día que se descubra la cantidad de apendicitis
libanesas que he coleccionado en mis actas, los pre-
infartos chilenos, los cálculos renales etíopes, las hemo-

es / profes. samaritano

rragias internas tailandesas, las hepatitis salvadoreñas, me van a quitar la licencia y me van a dar en cambio el grado de *Profesor Doctor Infinitamente Huevón*.

Y para inaugurar esta semana —que me hubiera gustado haberla arrancado del calendario— Ana von Bamberg de Papst me mandaba una notita en inglés, usando la simpática fórmula con que describía a sus candidatos a la guillotina: "Darling, please find attached to this page the couple Mr. and Mrs. Salam who are *both extremely* ill. Love. A." Ahora los tenía delante alertas, silenciosos, dulces, aterrados, y yo debía pensar en una enfermedad plausible de ser compartida en el mismo grado por ambos, mientras la secretaria me iba pasando llamadas con el *hit parade* de ataques de mis ancianos que todos los lunes confundían irremediablemente algunos gases producto del *Sauerbraten* dominical con infartos. Les pregunté a ambos la fecha de nacimiento y cumplida esta rigurosa auscultación les di a cada uno de ellos un certificado lo suficientemente dramático para que no los expulsaran y lo suficientemente general para que no me procesaran: "los señores Salam no pueden viajar en la fecha propuesta por infección viral *galopante*". Siempre agrego *galopante* para enfatizar algo que me parece muy corto o muy suavemente formulado.

En cuanto salieron los pakistanos contorsionándose en rituales de agradecimiento y felices de haber contraído ese virus que los tenía al borde de la muerte, mi secretaria Gaby, a quien debo definir como un ex obeso ex ángel (pues perdió su buen humor castigándose con la dieta que espiaba en los *files* de mis glotones) me anunció por teléfono que haría pasar al próximo paciente. La próxima paciente era Sophie Mass. Tras cerrar delicadamente la puerta del consultorio permaneció distante para que apreciara la nueva faceta que ofrendaba:

blusa y falda de seda negra, pies descalzos y zapatos de taco alto en su mano izquierda, cabello suelto caído sobre el pómulo derecho, y en medio de su palidez, cual un festival de fuegos artificiales (perdonando este metaforón horroroso) su boca untada por un *rouge* que parecía gritar: ¡bésame! La radical variación del color, después de haberla visto levitar en blanco en las canchas del estadio, debió haberme dado una pista de su multifacetismo que me habría sido útil para enfrentar el futuro: hoy era una joven dama ejerciendo su irradiación con tal soberana elegancia que se permitía el toque salvaje de los pies descalzos, consciente de que esta ruptura de la etiqueta la hacía paradójicamente más noble. Si quería ganar un punto manteniendo esa distancia para sumir al rival en su estado hipnótico, ya lo tenía asegurado. Lo previsible era que ahora avanzara hasta la red y me procurase un panorama más nítido de sus ojos color miel bajo el discreto parpadeo de las pestañas untadas de una pizca de azabache, y que en una tercera etapa dijera, sin que yo atinara a sacar el habla:

—Buenos días, Raymond.

"Forty-love", pensé.

Puse un rostro agrio, manoteé el alto de los *curriculum* clínicos de mis pacientes, y hablé seco y veloz:

—Querida campeona, tengo un ejército de ancianas moribundas esperando en la sala. ¿En qué te puedo servir?

—Estoy enferma.

—Hay otros dos mil quinientos médicos en Berlín. Además tu enfermedad está curada. El tumor ha sido extirpado y voló anoche rumbo a Madrid.

Sophie dejó caer los zapatos sobre la alfombra y en seguida puso ambas manos tras su cuello, se levantó muy lento el peinado y luego volvió a permitir que se derramara sobre la frente y la mejilla izquierda.

—*Ese* tumor ha sido extirpado. El otro no.

—¡Dios mío! ¿Otro admirador?

—Tengo la sensación de que puedo desmayarme en cualquier momento.

—No hay ninguna base para que eso ocurra. El desmayo ocurrió porque jugaste tenis estando extenuada.

—Lo sé, pero cuando camino por las calles a veces me tengo que sujetar de los árboles pues siento venir el desvanecimiento.

—Eso es una forma de neurosis. Un leve síndrome de colapso que cualquier psiquiatra te cura con un par de sermones.

En este momento Sophie abrió los botones de su blusa, y con una velocidad y plasticidad que no dio lugar para impedirlo se la sacó y la puso con disciplina sobre mi escritorio.

—Tengo confianza sólo en ti —dijo—. Quiero que me examines.

Mis colegas saben que en estos casos aplicamos la fervorosa regla de la neutralidad. En cada relación entre médico y paciente hay una turbulencia emocional de fondo. Se establecen rápidamente roles, y los doctores no tenemos tiempo y ganas de explicarnos por qué ocurre esto: a veces la paciente es la hija, o la madre, o la hermana, o el médico es el padre, o el tío, o el confidente del alma. Sabía que mi alma turbada pugnaría por establecerse en algunos de esos papeles que me permitiera contemplar con indiferencia los senos de Sophie y toda la piel dinámica y cálida que había alrededor de ellos. Pero no conseguía ninguna distancia. Percibía el discreto volumen de sus pechos con la misma emoción profunda que si los estuviera acariciando.

—No es necesario que te desvistas —dije con voz áspera.

—¿Por qué no?

—Querida campeona. Hemos tenido la suerte de evitar que haya un muerto en esta historia, pero como sigan las cosas así tu madre se encargará de que yo asuma ese melancólico rol.

—Mi madre está de acuerdo conmigo.

—¿De acuerdo en qué?

—En que seas mi médico en París para el torneo.

—No, gracias.

—El premio es alto y te puedo pagar un buen honorario.

—No me hace falta plata.

—Pero yo no puedo arriesgar sufrir otro desmayo en medio de un partido.

—No habrá otro desmayo. Como le dijo Jesús a Lázaro: "vístete y ándate".

Tomó con toda calma su blusa negra, la puso con un ademán deportivo sobre el hombro, esperó pacientemente que desviara mi vista, desde los papeles que fingía revisar, hacia ella, y cuando lo hice, me dijo fríamente:

—Si no vienes a París conmigo, habrá en esta historia un muerto. Pero no serás tú.

—¡Ah! Veo que las prédicas del gurú Pablo Braganza han hecho escuela.

—La diferencia es que yo cumplo mi palabra.

Me puse de pie y avancé hasta su sitio. Cogí la blusa de su hombro y le indiqué con un gesto que me permitiera ponérsela. Abrió los brazos para facilitarme el movimiento y no pude no evocar el momento en que me atraía en la discoteca girando las caderas con todo su cuerpo en ofrenda. Le abroché los botones, y rehuí mirarla a los ojos mientras le hablaba.

la amenaza ¿ el suicidio chantaje

—Tal vez con quince años no conozcas una palabrita que define exactamente lo que estás haciendo: chantaje.

Hizo un curioso ademán con su índice trayéndolo casi hasta el tabique de mi nariz, y por un momento pensé que haría resbalar su dedo sobre él. Dándose cuenta quizás de que sería un gesto insolente devolvió el dedo a su propia nariz, se la rascó con la punta de una uña y dijo muy seria:

—No, tontito. No es chantaje lo que hago. Es otra cosa lo que siento y me extraña que con toda tu sensibilidad no te des cuenta.

Lento subí mi vista hacia sus ojos y la mantuve allí con la misma seriedad con que ella lo hacía. Entonces *vi* esa otra cosa que ella sentía, o *vi* la puesta en escena de esa otra cosa que ella *decía* que sentía. Si la tesis dos, *chapeau*, gran performance *madame*. Si la tesis uno, mayor razón para tragar la saliva que se había acumulado en mi boca.

Cerré los ojos:

—Primero que nada no me doy cuenta. Segundo, aunque me diera cuenta prefiero no darme cuenta. Y tercero, aunque prefiera darme cuenta no debo darme cuenta. —Abrí los ojos, sólo para ver en sus labios escarlatas un rictus irónico.— Tu visita a Berlín ha sido un paréntesis en mi vida. No aspiro a más.

—¿*Yo* un paréntesis?

—Escrito en oro, pero paréntesis. La sala está llena de pacientes. Adiós, Sophie.

Sin responderme y sin retirarse untó su meñique en la capa de rouge del labio inferior y lo tiró hacia adelante con gesto pensativo. Luego pareció tomar una decisión y sus movimientos se aceleraron. De la cartera extrajo un sobre y me lo extendió con presteza militar. Yo lo contemplé, ignorándolo:

—No acepto un honorario.

—En este sobre no hay un honorario, Raymond.

—¿Qué, entonces?

—Tu pasaje. El vuelo a París es mañana a las dieciocho horas.

Y dándome la espalda me hizo *good-by* agitando sus falanges por encima del hombro. Abrí el paquete, que me parecía demasiado voluminoso para contener sólo el ticket de una aerolínea. En efecto, debajo de los documentos de *Air France* había un libro en alemán que rezaba sólo dos palabras en fuerte negro sobre la cubierta blanca: *Poemas* y *Milosz*. Abrí su primera página con tanta torpeza que el boleto de aviación cayó al suelo. Había una dedicatoria escrita con grandes trazos que ocupaba toda la primera página: *Para el doctor Raymond Papst, su Sophie Mass*. Como se puede ver, nada excitante. Comparada con la escena que acababa de vivir, esa dedicatoria era más seca que jefe de protocolo británico. ¿O la madurez de la pequeña llegaba a tal extremo que conocía las reglas elementales de los amantes y los estafadores de no dejar huellas escritas que luego puedan ser invocadas contra ella o su víctima? Una dedicatoria así era absolutamente nada. Hasta podría dejar el libro en mi velador conyugal para que Ana olvidara sus libelos y tratados leguleyos deleitándose con una gota de lírica. Pero al mero borde de la página, con letra más que minúscula, infinitamente pequeña, había algo escrito que más bien parecía una línea. Puse el probable texto bajo la lámpara de halógeno y acer-

mensaje secreto en el libro

puso el cuadro de Duffy en la sala de espera)
q' raro! q' tonado!

MATCH BALL   57

cando los ojos cual un miope intenté discernir las letras.
Fue el momento en que el citáfono lanzó la rutinaria
proclama de Gaby: "¿Hago pasar al próximo paciente,
doctor?" El "no" que grité debe haber derribado con sus
vibraciones el cuadro de Duffy de la sala de espera y
quizás ocasionado un infarto entre algunos de los pacientes que los fingían para conseguir un permiso médico
que les permitiera holgazanear algunos días sin trabajo.
Sophie había escrito: *mira la página 102, precioso*. Lo que
hice sin que mediara un segundo. Era el poema que
transcribo en su extensión original, donde algunas
palabras habían sido envueltas por un círculo rojo y
otras subrayadas con un trazo verde de los cuales salían
flechas de bolígrafo negro que culminaban en breves
anotaciones a las cuales haré referencia más tarde:

LA MAR

¡Salve, oh hermosa Tetis, madre de los destinos!
No es para condolerme o llorar a mis difuntos
que vuelvo a tu ribera con la frente coronada de flores.
Nada diré de los años veloces
que huyeron de mí con el viento a toda vela.
Tal como tus abismos, son serenos mis ojos,
libres ya del estéril cuidado
de escrutar largamente el horizonte sombrío
en busca de esas islas milagrosas
donde el amor y el gozo sean, como aquí, mortales.
Al dejarnos la vida nos muestra quiénes somos:
cae la tarde, Tetis, en el cielo de mi día.
Perdí mi juventud: se ha marchado para siempre.

Ya soy muy viejo para las hijas de los hombres;
no pueden entender mi amor.
Tan grande es que ningún ser se atrevería
a ponerse a su lado ni a nutrirlo.
Hay que tener para eso toda la esperanza y todo el porvenir,
todo aquello que ríe y llora, la profunda naturaleza,
madre de henchido seno que no puede morir.
Feliz el que se entrega a la humana ternura
y del mundo recibe lo que ha obsequiado.
Yo sembré la dorada simiente y no recogí los frutos,
pero guardo en mi alma indulgente y arrogante
el consuelo de haberlo perdonado todo.
Por ello me atrevo a amar a la más hermosa de todas,
esa que bajo el yugo de una labor incesante
guarda la vida entera en su regazo trémulo,
abriendo sus vastos caminos a la aventura de los hombres.
Yo nada más deseo que sus santos abismos
sean puros, libres de la bruma que envuelve a los horizontes
                                            de estío,
y que a todo lo ancho y lo largo de los océanos,
cebándose en los holgados pliegues de mi mortaja de espuma,
un ave de paso se sacie con el corazón de mi amor.

Respiré profundo y me pasé los dedos por los párpados, cual si quisiera borrar una alucinación. El poema me cortaba el aliento. Más. Me desesperaba. No podía permitirme una efusión sentimental a esa hora del día y a esa altura de mis años que me desestabilizara frente a los pacientes, pero tampoco quería neutralizar mis emociones al extremo de apretar un interruptor y ponerme otra vez en plan de hechicero de la tribu, incólume y pusilánime. Esta vez era un pecho atravesado por dos lanzas: el poema en sí, que me hubiera puesto bizco en cualquier país, idioma y circunstancia, y el

Se acercan a través de la palabra.

hecho de que fuera Sophie Mass quien me condujera a
él. De ella hubiera esperado cualquier otra cosa en el
dominio del deporte, el erotismo y la locura, pero no un
poema tan sabio, soberano, humilde, resignado, nu-
trido de amor y de generosidad. En esto se parecen los
50 años a los 15; son edades en que se toman en serio las
palabras. Antes de los cincuenta y sus sutiles mensajes
de muerte, para la mayoría de los hombres es más
importante un cheque que un poema.

Esta poesía me enfrentaba en el lugar más preciso
para hacerlo, mi consultorio, y me extraía de la rutina
profesional para plantearme nada menos que la
preguntita que los adolescentes se hacen en los bares
después de una botella de cerveza: ¿Qué es la vida?
¡Raymond Papst: esto no puede ser la vida! ¿Era posible
que a la pregunta "Quién soy" respondiera con mi
título: "médico"? Y Ana, con toda la admiración que me
causaba su mística social, *era* "abogada". En las articu-
laciones de nuestros oficios nos dábamos unos besos,
bebíamos una copa, consumíamos una sinfonía. Pero
habíamos dejado de inquietarnos ante el espectáculo de
la existencia, y este poema, propinado a mansalva en el
consultorio parecía una gota de sangre real entre los
montones de fichas clínicas de vidas monótonas como
la mía, esas tristes tarjetas amarillas de los pacientes
donde no hacía más que consignar los grandes avances
y los pequeños retrocesos de la muerte. ¡Cuánto deseaba que la hermosa Tetis irrumpiera con una ola
inmensa como una catedral de espuma y me arrasara y
me disolviese en sus aguas mortales y me diera la
sensación de pertenecer a ella y sus abismos insonda-
bles! Un agua que borrase los rictus mecánicos de mi
boca y me devolviera las palabras destellantes en los
dientes juveniles cuando sumergiéndome en el Atlántico
grité un mediodía de gloriosa canícula y cielo impoluto

¡Te amo, Dios, porque nos has propuesto la vida como un misterio! ¿Cómo fue que, desde esta postura inicial, mi existencia se había ido convirtiendo en un procurar más poder, más dinero, más escalas que trepar, más ruido y menos nueces?

Las inscripciones de color hechas por Sophie reclamaban ahora mi hermenéutica. La frase: *nada diré de los años veloces que huyeron de mí con el viento a toda vela* estaba enmarcada con tinta roja de la cual se desprendía un dardo negro que culminaba en las siguientes palabras: *Raymond Papst.* Otra vez círculo rojo para las líneas *ya soy muy viejo para las hijas de los hombres, no pueden entender mi amor. Tan grande es que ningún ser se atrevería a ponerse a su lado ni a nutrirlo* mientras la flecha negra apuntaba a un comentario escrito con el mismo color: *mentira.* Cambio de lápiz y de técnica para destacar algunos centímetros más abajo. Subrayado verde en: *por ello me atrevo a amar a la más hermosa de todas* con un pequeño arpón de diablo, consecuentemente negro esta vez, para pinchar la palabra: *Sophie.* Este mismo nombre indicado con otra horqueta satánica y una caligrafía amplia y voluptuosa se repetía inmediatamente tras el punto final, vale decir, después del verso: *un ave de paso se sacie con el corazón de mi amor.*

Hasta donde mi cacumen daba, Sophie había hecho una lectura infantil y pragmática de la elegía de Milosz. Se había valido de ciertas frases sueltas para expresar su juicio, o una advertencia, sobre algo contingente y por cierto extrapoético. Los hilillos de líquido encefalorraquídeo que restaban de los fragorosos ríos cerebrales de mi juventud se permitían la agudeza de sugerirme que ese objeto contingente y extrapoético era yo. Mi lectura de lo subrayado, hecha con abominable utilitarismo y voluntarismo, era: "no me interesa tu pasado, olvídate de él, déjalo que se lo lleve el viento, y arrímate

a esta chica que sí es capaz de alimentar tu gran amor".
La exégesis final me ponía ante un caso delicado y excitante. Si Sophie había pispeado más allá de las palabras
surgentes del *argot* juvenil el sentido profundo del texto
de Milosz no podía ser una distracción que se identifi-
cara al mismo tiempo con dos entes poéticos: el mar, en
que el hablante lírico se disuelve como en el alegre
abismo de la muerte, y el ave de paso que se saciará con
los despojos que el poeta ofrece en gloria canibalesca a
la naturaleza. Hablando en plata: Sophie prometía fagoci-
tarme en concreto y en general.

Fui hacia la sala de espera y con rostro compungido
enfrenté a las masas: un virus recorre Europa y ni
siquiera los médicos estamos libres de su maleficio. No
estaba en condiciones de atenderlos pues toda mi ciencia se cocinaba en una fiebre que requería urgente
reposo. Hubo una algarabía de solidaridad. Nada
emociona tanto a un paciente como ver a su doctor en la
ruina. Resuelto este trámite invadí el consultorio de
Mollenhauer y en un arrebato de espontaneidad puse
las cartas sobre la mesa, poema incluido. Al cabo de diez
minutos mi colega dio su veredicto, del cual recuerdo
las siguientes perlas: "cualquier hombre en este mundo
mediocre y confuso se daría con una piedra en el pecho
por tener de esposa a un ángel como Ana, a quien la
adornaban más virtudes que medallas a un general
latinoamericano; la finura de su trato, la entrega idea-
lista a su profesión en una época farisea, su belleza

física, la altura de miras que le permitía distinguir la paja del trigo y cultivar la amistad de gente valiosa, su red de relaciones en diversos estratos de la sociedad, y —le imploré que no dijera *last but not least*— su fortuna". Este colofón lo adornó con un ademán en que envolvía no sólo el consultorio, sino Berlín y el mundo. Luego cogió el libro con el gesto de quien debe hacerse cargo de un insecto repugnante y emitió su carencia de veredicto: de estas tonterías no entendía papa. Me desprendí de la corbata y la acaricié una y otra vez entre los dedos en actitud fúnebre. Cuando haciendo de tripas corazón le planteé la necesidad de que se hiciera cargo de mi clientela a partir de mañana, arrojó con un gesto dantesco su cabellera hacia atrás y dijo solemne: No.

—¿Entonces no? —pregunté fingiendo ingenuidad.

Mollenhauer se mordió la uña del meñique y mirándome con talante soberano —*like a bridge over troubled waters*— emitió otro rotundo "no".

—Lo siento, Raymond.

Dejé su gabinete y volví a mi salón, el libro húmedo entre las manos. Me hundí en el sillón de cuero repujado incapaz de iluminar mis confusiones. Entre un repertorio de dudas destacaba la mayor. ¿Qué incongruencia era esta de que una chiquilina de quince, por muy princesa de los raquetazos que fuera, anduviera traficando versos de ese calibre? Lo habitual sería que su repertorio poético consistiese en los metaforones del *hit parade* de la canción popular. ¡Altamente sospechoso Watson! ¡Ducha en el deporte, en las letras y en ...*Stop*! Una heroína demasiado irreal. Cierto que las tenistas llevan una vida que no se compadece con esta torpeza que nosotros llamamos *realidad*: cambio de países a velocidad vertiginosa, variados hoteles donde pululan todo tipo de gente, desproporcionadas entradas de

heroína irreal

dinero que las separan de los chicos de su edad acostumbrados a regatear con sus padres miserables mesadas los sábados, y, en fin, todo el *glamour*, la gloria, la liviandad, la arrogancia de su filiación aristocrática.

Quizás entre *match y match* la pequeña Sophie leyese libros ocultos bajo las sábanas de los hoteles de lujo mientras su madre iba a los *cocktails* de los nobles a celebrar su fulminante carrera económica. ¡Utópico pensamiento! Libros son leídos en esta década por los grandes aventureros del alma, aquellos que resisten los embates de la mediocre realidad y no desesperan de hallar la belleza en la literatura y la vida. La gente que aun lee libros lleva en su mirada un brillo que los distingue entre multitudes; sus lecturas son casi como esa aureola luminosa que los buenos católicos le dibujan a los santos confundiéndolos con figuras de carnaval; los mismos que representan el paraíso en sus grabados cual si fuera un jardín zoológico. Y contra mis aprehensiones: ¿no se podía decir que la sensualidad de Sophie estaba tallada, soplada en un fuego interior que le daba a su piel un toque de intimidad, que era, perdónenme este manotazo metafórico, un *cuerpo íntimo*, y que esto hacía de ella un ser único, y por qué no decirlo, una *heroína*? ¿O también estaba yo tan achatado como el resto de la Europa de posguerra y tenía que aceptar mis convicciones de que una chica de quince que leyera a un poeta era un ser irreal o al menos anómalo?

La fiebre que fingía, comenzaba a ser real. Tomé el citáfono y grité a la estupefacta Gaby que suspendiera todas las citas de esa semana pues debía viajar de urgencia al Instituto de Enfermedades Tropicales en París a buscar consejo para el tratamiento del industrial Dayler. Añadida a esta orden, le di otra que la debe haber sumido de cabeza en la confusión: que pasara a la tintorería a buscar mi smoking. En caso de que Sophie ganara el *Open de París* no iba a gastar dinero comprando esos horribles trajes de Champs Eliysées cuando mi suegro me había regalado un traje de gala en el cual me sentía mejor que Clark Kent en el uniforme de Superman. No había mejor smoking que ése en Europa y el aire de París le iba a sentar bien a su fantástica combinación de formalidad con espectacular laxitud. Colgué el fono, y cogiendo el invisible talle de Sophie Mass, me di a girar un ritmo más envolvente que el *Vals a mil temp* de Jacques Brel, mientras cantaba en homenaje a mi nono Georges Bernard Shaw, al tío Rex Harrison, y a la pobre Audrey Hepburn, cuya belleza desteñía ante la radiación natural de mi partenaire de baile. *¡I could have danced all night!*Me reí pensando que si Gaby abriera la puerta en ese momento se vería en la obligación de apretar el botón rojo *ocho* de su programa telefónico: era el contacto directo con la clínica psiquiátrica en la Avenida de los Plátanos.

Pero la vida no es una comedia musical y las autoexcitaciones nos llevan sólo hasta los umbrales de los sueños. Romper las puertas de los reinos para entrar al vértigo definitivo con sus patios sevillanos y sus ángeles de Modigliani y Renoir requiere una audacia que sólo se logra tallando el alma en la tragedia. ¿Qué le iba a decir a Ana y a mi suegro para explicar mi ausencia? El partido de tenis con el barón, programado a las siete de la mañana, podía jugarlo. Pero el concierto en la *Filarmónica* bajo la batuta de Abbado para el cual Ana había adquirido localidades hacía siete meses, era a las veinte horas, momento en que Dios y la Air France mediante yo estaría aterrizando en Charles de Gaulle. ¿Instituto de Enfermedades Tropicales en París? El escepticismo en los maravillosos ojos verdes de Ana semejaría un océano.

El encono por el anuncio de mi visita relámpago y

subrepticia a París fue tan enorme, que después de dos horas de agredirnos, y jurar separarnos para siempre, terminamos en la cama disfrutando de la ternura y fantasía que da el amor de reconciliación. Mientras besaba las caderas de Ana su mano tocó un instante mi frente y se quedó allí como si sus yemas intentasen percibir el fluir de mis pensamientos.

—No es por el concierto —dijo muy quedo— pero no quisiera que fueses a Francia.

—¿Por qué no?

—Intuiciones.

—¿De qué tipo?

—Algo pasa.

—¿Un accidente?

—No sé. Preferiría que no vayas.

Subí mis labios hasta sus lóbulos, me puse a sus espaldas, y tomando por detrás sus senos me apreté a ella.

—Vuelvo en dos días —le dije con un hilo de aliento.

—Me alegrará verte.

—En dos días de vuelta en casa —repetí pellizcando levemente su pezón derecho.

Había sido tan excitante el amor con Ana que me sentí perplejo cuando al cerrar los ojos de inmediato me asaltó una imagen de Sophie. Se dejaba violentar en la discoteca por el *rocker* y mientras él restregaba su pelvis contra la seda de su falda, ella le acariciaba la nuca. Dudo que tras el delicioso intercambio de libaciones sexuales quedara una gota de esperma en mi cuerpo y en mi alma, pero otra vez la excitación estaba allí, inconfundible, estridente, y aparté mi vientre de las nalgas de Ana temeroso de que esta situación anormal a mis cincuenta años la pusiera sobre alguna pista.

Tratando de restarle importancia al acontecimiento probé mitigar el problema con consideraciones intelec-

tuales: ¿qué pretendía con mi viaje a París? ¡No! Precise-
mos la pregunta: ¿quería acostarme con Sophie? Respuesta: ¡no! No podía, no debía, no quería y no correspondía. ¿Ahora bien, qué, por los mil demonios, quería
entonces? Estar *junto* a ella. *En torno* a ella. *Excitado* por
ella, percibiendo la limosna de gracia que caía sobre mi
cuerpo cada vez que ella estaba presente. Quería
—adivinaba la mueca cínica de Mollenhauer con toda
su batería de añejas teorías freudianas— *ayudarla*.

En el aeropuerto tuve que obrar con cautela. Alrededor de Sophie y su madre se agrupaban fanáticos y
periodistas, y no quería que el azar me llevara al día
siguiente a los periódicos en tal conspicua compañía.
Esperé hasta que ambas hubieron entrado a la antesala
del vuelo y sólo entonces presenté a la policía mi
pasaporte. Antes de ingresar a la cabina donde aplican
el detector de metales, estuve a punto de sufrir un
soponcio. No era sólo la imagen *ad hoc* del gesto machista de Pablo el motivo de mi espanto. ¿Dónde estaba
el revólver que con tanta decisión le había hurtado en el
hotel? Palpé el bolsillo de la chaqueta, y con alivio
recordé que el domingo vestía una combinación deportiva de lino que había puesto en la valija ya entregada en
la recepción de *Air France*. Ahí debía hallarse el arma
que en mi atolondramiento olvidé tirar en alguna acequia.
En el momento que el guardia palpaba con una sonrisa
rutinaria las llaves en mi bolsillo y se excusaba con un
gesto amable de su obligada impertinencia, me pregunté

qué pasaría si también los grandes bultos eran pasados por semejante maquinaria. Un sudor reventó en mi frente. Por los parlantes de la antesala se anunciaría mi nombre y un pelotón de agentes irrumpiría para arrestarme. ¡Qué flor de escándalo delante de Sophie y la condesa! ¡Y qué menguada disposición de ánimo para enfrentar con naturalidad los diálogos inminentes contra las dos tenistas, que por cierto me obligarían a una esgrima verbal de valencias muy diferentes! ¿Cómo iba a explicar la presencia del revólver a los guardias? ¿Un simpático instrumento para cazar codornices? ¡Ridículo!

En la antesala, fue la condesa la primera en descubrirme. Vino hacia mí con una pompa digna de Carol Channey en *Hello, Dolly*.

—Doctor, es usted un ángel —gritó, propinándome dos sonoros besos en mis mejillas.

—De *pesadilla recurrente a ángel*. He hecho progresos, *madame*.

—Termínela con ese *madame* que me pudre antes de tiempo. Llámeme Diana desde ahora en adelante.

Sophie avanzó hasta nosotros. Traía en sus manos una raqueta y un ejemplar de la revista norteamericana *Town and Country* donde se imprimen desmesurados elogios de la nobleza internacional, incluida la modesta rama de los Chiavari en Génova.

—De modo que viniste —dijo en un tono en que parecía darle lo mismo que hubiera venido o no.

—Vine —dije en un tono como diciendo por qué no.

—Me alegro —dijo en un tono en que probablemente no.

—Un par de días en París no le sientan mal a nadie —dije displicente.

De pie comenzó a hojear el grueso y satinado magazine, ignorándome de una manera tan radical que me reveló que este viaje era emprendido sin claras metas y con confusos motivos. La princesa enrolló la revista y me la clavó en el ombligo. Con un gesto conminatorio alzó la barbilla. Dijo:

—¿Y?

—¿Y qué?

—¿Leíste el poema?

—Sí.

—¿Y?

—No sé qué me gustó más, si los versos de Milosz o las anotaciones al margen.

—¿Y qué vas a hacer?

—No comprendo

—¿Qué (pausa) vas (pausa) a (pausa) hacer?

—¿Qué sugieres?

—Proceder.

Todo indicaba que este diálogo juguetón terminara con una carcajada o al menos una sonrisa. Esto último es lo que había asomado en mis labios cuando me detuvo la seriedad con que la chica me miraba a los ojos larga, compulsiva, triste y bella. Vestía un traje con cuadriculados vagamente escoceses y su corte evocaba la figura de una equitadora. Con un *jockey* de terciopelo negro, se le habían venido los años abajo. Lucía tan infantil esta mañana, que tuve la impresión de que en ella habitaban muchas mujeres. La que había tomado su cuerpo hoy no tenía más de trece años.

—¿Raymond Papst?

—¿Sophie Mass?

—¿Pasando y pasando?

—No comprendo.

—Espero que *tú* me des un poema ahora.

—¿De dónde te lo saco preciosa? En los kioscos de los aeropuertos venden sólo revistas para idiotas.

—Inventa uno. El vuelo a París dura dos horas.

Y se fue hacia los vitrales a observar los preparativos

la patología de múltiples personalid

del Boeing 727. ¡Era exigente mi musa! No sólo debía atenderla como médico, aceptar sin réplica sus insinuaciones, cualquiera fuese la carga semántica que éstas tuvieran, y despejarle el camino de suicidas, sino que tenía que competir en el uso de la lira y la pluma con Milosz. *"Oh, what a price, I have to pay, for loving you."* Fats Domino.

Mi tardanza en llegar al mostrador de Air France motivó que me sentaran, separado de la madre y la hija, en la última fila, donde las turbinas escupen fuego y donde los nerviosos se congregan a fumar con tal lujuria que da la impresión de que les faltaran manos donde meterse cigarrillos. En esa nube de humo, poco menos voluminosa que las nubes reales y grisáceas que flotaban afuera, percibí las primeras turbulencias, producto de la insensata posición de Berlín Occidental en el mundo. Los aviones que van y vienen de esta ciudad deben atravesar la República Democrática Alemana dentro de lo que diplomáticamente llaman un *corredor aéreo* a la altura de los tres mil metros del cual no pueden apartarse truene o relampaguee. En días de sol es una verdadera delicia ir mirando las vaquitas, los pintorescos autos comunistas, las blusas floreadas de las campesinas, los cabezazos durante los *matchs* de fútbol en los potreros, los gatos recién nacidos mamando en la ubre de la madre. Pero en días nubosos y de tormenta cuando los jets se tienen que ir tragando truenos y relámpagos uno le implora al piloto que rompa los reglamentos y que se vaya arriba y arriba donde el sol paternal suaviza el universo con sus rayos.

Para tranquilizar mis nervios y mi conciencia en el zamarreado "corredor" razoné de la siguiente manera: "Sophie tuvo *efectivamente* un desmayo. Para seguir su carrera de triunfos en el tenis, *efectivamente* necesitaba de un médico. Su madre aprobó y deseó mi viaje con

racutnaliza su presencia en París

ellas a París *efectivamente*. *Efectivamente* entre Sophie Mass y Raymond Papst no había más que un coqueteo de parte de ella y una incipiente locura en mí. *Efectivamente*: nada grave.

Cuando la nave alcanzó la frontera con la República Federal Alemana el piloto la elevó ostentosamente y en un minuto estuvimos riéndonos de las espesas nubes que nos habían zarandeado con tanto rigor. Extraje mi libreta de anotaciones y vi la hora. Me quedaban ochenta minutos para pergeñar un poema que hiciese avanzar el diálogo con la *princesa*. Si la cosa tenía un sesgo erótico, entonces mis acciones y palabras debieran orientarse en el marco de la siembra: cuando la dulce Sophie tuviera cuarenta yo tendría setenta y siete y quizás adviniera el tiempo de la cosecha. "Yo sembré la dorada simiente y no recogí los frutos" había escrito Milosz. ¡Manos a la obra Dr. Raymond Papst! ¡A probar que las clases de latín y la lectura de los rapsodas griegos han dejado una huella en tu alma!

Media hora después el cielo despejado era un fiel reflejo del vacío de mi mente y de la página. Hay gente que vendería a su madre por hallar una frase que lo proyecte en la historia, aunque fuera falsa hasta los tuétanos: basta que ésta suene bien, y sea lo bastante voluntarista para excitar corazones débiles. Pensaba concretamente iracundo en la famosa sentencia de Thoreau en su *Diario* mientras abofeteaba con el puño la página en blanco: *"Good poetry seems so simply and natural a thing that when we meet it we wonder that all men are not always poets. Poetry is nothing but healthy speech".* ¿Qué haría el gran Thoreau puesto en mi trance? "Citar algún verso de otro que sepas de memoria" me dijo Thoreau aprovechando que allá arriba estábamos a tiro de piedra del Olimpo.

El problema era cuál. No podía replicar por debajo del nivel que había fijado Milosz sin debilitar mi gusto y mi prestigio. Versos sabía de Whitman (muy operáticos y algo misóginos), de Carl Sandburg (más bien patriótico), las primeras líneas de *Howl* de Ginsberg (más bien apto para *freaks*) y casi nada más. Aunque este *casi*, pensándolo bien, incluía un poema que recitaba en los jardines de Harvard durante la erección de la primavera para impedir que las muchachas entraran a clases. Lo anoté como lo recordaba, seguramente con algún adjetivo que lo empeora.

BLUE GIRLS*

De John Crowe Ransom

Twirling your blue skirts, traveling the sward
Under the towers of your seminary.
Go listen to your teachers old and contrary
Without believing a word.

* MUCHACHAS AZULES
de John Crowe Ransom

¡Al aire vuestras faldas, muchachas azules! / Atravesad el césped bajo las torres / de vuestro colegio y oíd a vuestros maestros / viejos y tercos sin creerles ni una palabra.

Tie the white fillets about your hair
And think no more of what will come to pass
Than bluebirds that go walking on the grass
And chattering on the air.

Practice your beauty, blue girls, before it fail;
and I will cry with muy loud lips and publish
Beauty with all our power shall never establish,
It is so frail

For I could tell you a story which is true;
I know a lady with a terrible tongue,
Blear eyes fallen from blue,
All her perfection tarnished-yet it is not long
since she was lovelier than any of you.

Podía estar satisfecho. Naturalmente era mucho más pragmático que el de Milosz, mas de alguna manera se inscribía en el ánimo de las anotaciones de la *princesa*: ella era la más bella, Dr. Papst la incitaba a practicar esa belleza, y de un modo muy existencialista la animaba a vivir con intensidad el presente, no omitiendo siquiera la cargante estrofa final de la cual, por supuesto, alguien

---

Atad las blancas cintas sobre vuestro cabello / y no penséis ni por un instante en el porvenir. / Haced como los pájaros azules que caminan sobre el pasto / y cotorrean al viento.

Lucid vuestra belleza, muchachas azules, / antes de que se desvanezca. A viva voz gritaré / y proclamaré que todo nuestro poder / es incapaz de preservar la belleza: es tan frágil!

Porque podría contaros un cuento que es cierto. / Conozco una dama de lengua viperina, / en cuyos ojos destiñó el azul. / Toda su perfección se marchitó. / Y sin embargo, no hacía mucho, / era más hermosa que cualquiera de vosotras.

de quince años podía reírse a gritos. Decidí no enviárselo con la azafata en el temor de que la madre encontrara insólito este tráfico de versos. En París se lo
entregaría arrugado en una bolita de papel que ella pondría cómplice y discreta en su saco escocés para leerlo en
la intimidad de su pieza de hotel.

El momento oportuno tardó, pues en el aeropuerto se
habían aglomerado los periodistas bajo la excitación del
triunfo en Berlín, el desmayo —que uno tuvo la
desvergüenza de filiarlo con una macabra enfermedad
de moda transmitida en el tráfico sexual—, la belleza de
la heroína, a la cual los franceses son más adictos que los
alemanes, la nobleza parisina que exalta el éxito de
alguno de los suyos con sectarismo y, en general, el
placer latino de convertir en *eros* todo lo que toca.

Sophie amaba la notoriedad, y en medio de los
fotógrafos se veía tan diestra como en la gramilla de la
cancha ajusticiando rivales. *France Soir* quería saber por
qué la apodaban la *princesa*. En un francés coqueto,
sinuoso, pero de prusiano acento, Sophie contestó:

—Me llaman *princesa* porque mi padre es un rey. Sólo
que no sé cuál.

La *limousine* era apenas la primera de las exquisitas
atenciones que el torneo de París nos brindaba. En todo
se advertía la mano elegante y empresarial de *monsieur*
Chatrier, un deportista de cierto rango a comienzos de
los cincuenta, mejor como amante del tenis que como
jugador, quien tras ser capitán del *team* francés para la

Copa Davis algunos años, fundó la revista *Tennis de France* criticando con tal violencia en sus editoriales a la agónica Federación de Tenis, que ésta, convencida del lema "quien te quiere, te aporrea", lo nombró en 1982 presidente. Desprovista Francia de grandes tenistas en la década que revivieran el frenesí en las masas causado por *les Mousquetaires* —Borotra, Cochet, Lacoste y Brugnon— quienes en los veinte y treinta ganaron nueve veces seguidas el Torneo Internacional de Francia y en seis ocasiones al hilo la *Copa Davis*, el dinámico monsieur Chatrier consiguió fondos para salvar de las ruinas el otrora glorioso *Stade Roland-Garros*, y para aumentar el valor de los premios, de modo que los ganadores de los *singles* perciben por sobre un millón y medio de francos. Una vez conquistadas las esquivas estrellas con estos idealistas anzuelos, Chatrier persuadió a la televisión nacional y a los canales extranjeros de cubrir el torneo en su totalidad. Las feministas le deben también una corona de laureles: fue uno de los primeros en proponer pago igualitario de premios para damas y varones. Para adquirir esas golosinas, los profesionales deben armarse de santa paciencia, pues la pista de grama del Roland Garros es la más desgastadora del mundo. Hay que ser extremadamente táctico para no terminar con la lengua fuera después del primer *set*. Mi maestro Jimmy Connors, por ejemplo, jamás ganó el torneo de Francia. Pensándolo bien, la condesa había sido astuta al traer a su guerrera provista de médico privado a este matadero.

Monsieur Chatrier nos llevó a cenar a la carpa de los Lacoste cuyo verde cocodrilo se muere de pena en los pechos de las camisas deportivas pensando en los millones que ha rendido para la familia. La mesa estuvo amenizada por Jerry Lewis, de paso en París, quien contó algunos chistes gloriosos de su colega Ronald

Reagan que no repito aquí para evitarme una acusación
extra por traición a la patria. La carpa en las inmediaciones del estadio era improvisada, pero no el cocinero:
las ostras se deshacían en el paladar, el *fois de gras*
delicadísimo, las ensaladas triunfales bañadas en vina-
gres con esencias inéditos, y los filetes *sanglant* tan
tiernos que los podría haber deglutido un bebé. Del vino
no quiero entrar en detalles, sólo valga saber para los
efectos de esta historia que a medida que la noche
avanzaba una chispa prendió en mis ojos y en mis labios
acelerándome en alemán o inglés, y alentándome a
incurrir cada tres minutos en alguna locura. La última
tuvo lugar cuando la madre la vino a buscar para
llevarla al hotel y yo la seguí al aire libre. No era mi culpa
que el cielo estuviese así de estrellas, ni que Sophie se
recostara sobre el pedestal de una estatua falsamente
griega, ni que cerrara los ojos para oír mejor el frotar de
las patas de los grillos, ni que desde la carpa llegase una
quedísima versión en saxo de un tema de Charles
Trenet.
    La madre estaría intercambiando direcciones con sus
viejos amigos, o empolvándose la nariz en el baño, y tal
vez era el momento de poner en práctica mi interpretación del poema de Milosz. A punto de arrojarme al
abismo, me sobrevino el terror infantil de haber malen-
tendido todo, de hacer el ridículo a los cincuenta y dos
años, de ser rechazado con una mueca de escándalo o
peor una carcajada, y sobre todo —era un sentimiento
así de raro— terror de terminar bruscamente con una
ilusión. Entonces con un abominable juego defensivo
que habría aburrido al más paciente de los espectadores, metí "Blue Girls" en un bolsillo de su saco, y
esperé su reacción. Lo extrajo un instante, y sin inte-
resarse por el contenido lo puso de vuelta en la chaqueta.

—Papelitos —dijo.

Y levantó la mano haciéndole señas a la madre, quien la buscaba en la salida de la carpa.

Dos horas después de este incidente, cuando me aprestaba a instalar el despertador para llegar puntual al primer partido del torneo que debía absolver Sophie a las diez de la mañana, se hizo presente en mi habitación la duquesa von Mass seguida de un mozo que le transportaba un cubo de hielo, dos copas, y la inconfundible cabecita del Dom Perignon asomándose por los pliegues de la servilleta que cubría el balde. Había que hacerle justicia a Diana von Mass: si bien uno podía ser devorado hasta los huesos por su lengua mordaz, no era menos cierto que se podía a veces ser beneficiario de su magnificencia. Era de todo, menos tacaña. Me había instalado en el Ritz, donde mi suegro no se hubiera venido a meter sin que su cuenta bancaria no sufriese un infarto. En una tarjeta me comunicaba que a partir de mañana tenía una *limousine* con chofer a mi disposición y sobre la misma esquela —probablemente para evitar que el viento se la llevara— había hecho poner un frasquito de caviar iraní con una cuchara de plata proponiendo la chiquilinada de atacar los huevitos a paladas directo del frasco como si se tratara de mermelada de moras. Venía con la misma falda que usaba en la cena, pero se había cambiado de blusa y había renunciado al arsenal de joyas. Su cuello desnudo se extendía grácil hasta el comienzo de los senos que un botón maliciosamente desabrochado no podía ocultar. Se veía aun más joven que Ana, y pensando bien las cosas, cualquier galán estaría en la gloria de recibir en su pieza de *ese* hotel, a *esa* mujer, con *ese* champagne.

—Vengo a agradecerle todo lo que ha hecho por Sophie —dijo al destapar el champagne, sin permitir mi intento de ayudarla.

—No hacía falta.

—Hablé por teléfono con su suegro y lamentablemente le tengo malas noticias.

—Mejor saberlas cuanto antes.

—Muestra comprensión por su gentileza de ayudar a Sophie, pero tanto él como su hija están iracundos por su mentira. ¿Por qué les dijo que venía a algo así como a un instituto de enfermedades venéreas?

—*Tropicales.*

—Tropicales son las cosas que se le ocurren. ¿Por qué anda mintiendo como un niño traumatizado? ¿Qué tiene de malo dentro de su profesión aceptar un trabajo de algunos días en el extranjero? ¡Ya se habrá imaginado que el honorario estará a la altura de su buena voluntad!

—Gracias, Diana.

—No me agradezca nada. Dígame por qué mintió.

Me miró conminatoria, y yo la espié tratando de ver si en su expresión ya sabía la respuesta y sólo quería exponerme al mismo ridículo que hacía dos horas había meticulosamente evitado con su hija. Para estos casos difíciles, la etiqueta de Harvard recomienda mirar con concentración la punta de los zapatos hasta que el interlocutor retome la palabra. Lo hice con penosa consecuencia. La soga de la culpabilidad parecía irse formando desde una viga del techo a medida que los segundos avanzaban. Pero como el asedio de Diana y su mirada no disminuían, tuve prístino en mi cerebro que el tema de su visita era Sophie, y eventualmente (pícaro

botón de la camisa mediante) la propuesta de una
estrategia militar diversificatoria para apartarme de mi
target.

—Este champagne es un elixir —dije—. Me temo que
usted ya esté girando a cuenta del premio que Sophie
aún no ha ganado.

—Millón y medio de francos —dijo en un suspiro.

Ya suponía que la condesa von Mass era sensible a
estas materias.

—¡Una golosina!

—¡Un *bocatto di cardinali*, Raymond!

—Me imagino todos esos billetitos uno arriba de otro.
¿Formarán una torrecita más o menos de esta altura, no
cree?

—¿Me encuentra muy materialista?

—Más bien hecha de una exquisita materia.

—Doctor Papst: usted, además de ladrar, ¿muerde a
veces?

Creí prudente dejar esta interrogante sin respuesta.
Si decía "muerdo" podía sólo alentarla a dos encru-
cijadas muy peligrosas para mí: a que ella me tirara el
hueso —cosa que no me convenía pues mi cuerpo y
alma no estaban en *ese* estado de ánimo— o a alertarla
sobre la posibilidad de que atacara a su hija. En este
segundo caso no tenía problemas con mi cuerpo y alma
pero sí con mi moral, estado civil, obligaciones profesionales, edad y pavor a equivocarme entre otras
taras. Por otra parte, expresar "no muerdo" me arrojaba
al basurero de los descoloridos o los cínicos. *Ergo,* apuré
la primera copa de champagne, y en seguida me serví
otra. Ella me imitó, y extendió su brazo pidiendo un
relleno.

—Raymond —dijo—. Mi vida ha sido muy difícil.

Puse rostro compungido y traté de apoyar esa frase
olvidando que estábamos en el Ritz, en el Dom Peri-

gnon, en el caviar iraní y ensacados en modelitos de Cacharel y Christian Dior respectivamente.

—Desde que nació Sophie tuve que ser para ella padre y madre, y no creo que haya tenido éxito en ambas tareas. Es cierto que estamos en las vísperas de sus más grandes hazañas deportivas y sé que en su formación profesional he jugado un rol decisivo. Pero por otra parte, he desraizado a Sophie de todo lo que hace la vida normal de una adolescente: no tiene casa, ni amigos, ni padre, y por último tuve que determinar hace dos años que dejara el colegio. Su educación es prácticamente nula.

—Sin embargo me parece muy sensible. Tengo la impresión de que le gusta la poesía.

Ni en la cena con Jerry Lewis le escuché una carcajada tan estruendosa.

—¡La poesía, Raymond Papst! Sophie no ha cogido un libro en su vida. Cuando lee las revistas de deporte tiene que ir separando las sílabas con un dedo. Es bruta como esta puerta.

Puso fin de un sorbo a la segunda copa y comenzó a jugar con el botón desabrochado. —Pero es bella —concluyó fúnebre.

—Bella —asentí.

—Y de eso quería hablarle, doctor. La belleza atrae y destruye a lo que atrae, o lo que atrae destruye la belleza.

Rilke, pensé, pero puesto que la poesía había merecido tamañas risotadas me abstuve de profanar su nombre.

—Una de dos —dije, cauteloso.

—Ella tiene un magnetismo...

—...más grande que el polo...

—...y la gente no lo resiste. Tengo que espantar a sus admiradores como quien barre cucarachas. No me gusta hacerlo, pero el tenis requiere un temple acerado. Se ha transformado en un deporte de niños, y sé muy bien que el futuro económico de ambas depende de lo que pueda hacer de aquí a los veintitrés años. Ese desmayo en Berlín, doctor, tuvo algo que ver con un hombre.

Pese al champagne y al vino de los Lacoste sentí que me despejaba. Nada más pedagógico que el interés.

—¿Cómo así? —pregunté sorprendido, escandalizado.

—Hay un chulito español que le sorbe el seso.

—¿Está enamorada de él?

—Sophie es demasiado niña para amar, ¿no le parece?

—No veo que tenga que ver una cosa con otra.

—Este jovencito le ha hecho terribles escenas con la esperanza de meterla a la cama.

—¡Dios mío!

—La lleva a discotecas donde se bebe champagne y se fuma esa porquería. Aquella noche de Berlín, por primera vez perdí la pista de mi hija. No supe dónde estaba hasta que apareció en la cancha.

Llené angustiado nuestros vasos de champagne. Diana interpretó esta actitud como solidaridad paternal y apretó con angustia mi antebrazo.

—Usted cree —dije— que esa noche fue (toda formulación me parecía grosera o cursi y opté por la cursi) "una noche de amor".

—¡No, qué va! Sophie es completamente virgen.

Esta vez fue ella quien me llenó la copa.

—Estaba a punto de perderla, cuando usted, doctor Papst, apareció en nuestra vida. A usted lo quiere y lo respeta, y del cariño al amor...

—¿Qué quiere decir? —murmuré entre temeroso y halagado.

—Dejemos de lado la retórica, doctor Papst. Sophie y

yo lo necesitamos en este momento de nuestras vidas. Habiendo carecido de padre durante toda su vida, no sería extraño que desarrollara hacia usted una suerte de cariño que pudiera ser manipulado de su parte.

—No veo *qué* en mi conducta la induce a un juicio tan agresivo.

—Nada, pero en verdad sería catastrófico para Sophie que estuviera amarrando el perro con salchichas.

—Condesa, se ha especializado en imágenes con perros.

—No me distraiga de lo que le quiero decir. Acérquese a ella como médico, pero aléjese como hombre. Si no procediera como le propongo, se verá enfrentado a algo más que mi lengua.

—Estoy tan encantado en el vértigo de sus groserías, *madame*, que me permito preguntarle qué insinúa con esa frase.

La condesa von Mass hizo esta vez reposar su famosa lengua, mordiéndola suavemente, y optó por pasarse tajante la palma de la mano sobre su propio cuello. "A buen entendedor pocas palabras", habría dicho mi suegro. Creí atinado poner fin a este amedrentamiento también con métodos no verbales. Fui hasta la puerta de la habitación y la abrí de par en par en actitud invitadora. Diana hizo un recuento mental de las alternativas, levantó la botella de Dom Perignon para ver cuánto quedaba, sirvió el resto en las dos copas y vino con ellas hasta mí. Bebimos en silencio sin mirarnos a los ojos. Después de un rato volvió a tomar entre dos uñas el famoso botón y lo apretó y lo soltó cual si siguiera el ritmo de sus latidos.

—Doctor Papst, quiero decirle que le tengo una gran simpatía.

—Cualquier observador objetivo diría que no se nota.

Y aplicando la política del péndulo me dio un beso tiernísimo en la mejilla, y después volvió a rebanarse el garguero con mueca adusta y profética.

A medida que se acercaba el fin del torneo mi cautelosa dicha se veía amenazada no sólo por mis temores, sino por la ofensiva frontal de mi suegro y Ana, enterados ya en detalle por la prensa germana, que deliraba con loas a su estrellita, de que yo era su médico de *cabecera.*

Esta *cabecera, of course,* escrita en cursivas para que todo el mundo entendiera *cabecera de la cama.* Un diez por ciento de los comentarios sobre las etapas hacia la gloria ya quemadas por la *princesa* me eran dedicados con la ambigua simpatía hacia quien ayudaba a una compatriota, pero quien al mismo tiempo ocupa un lugar de privilegio al lado de ella: usurpación ilegítima de los sueños de decenas de miles de alemanes que sienten a todos sus ídolos como de la familia. Me imagino que eso explica el entusiasmo con que apadrinan ideas extravagantes. Como sea, estos textos eran juegos de niños, aventuras con avioncitos de papel, comparados con las venideras turbulencias en vuelos suicidas que se avecinaban.

Mi suegro me disparó telegramas, cables, télex, telefax y amigos de confianza entre la nobleza de Francia. Los mensajes variaban, pero el contenido era uno solo: vuelve, hijo de puta. Ana, imperturbablemente soberana había enviado sólo una carta normal, que tardó tres días en alcanzarme, de media carilla. Me agradecía el maravilloso certificado para los pakistaníes, me informaba acerca de una reproducción fotográfica de una tela gigante de Jackson Pollock que parecía *real* vista en el catálogo de una galería vanguardista, se mostraba apenas satisfecha con el exceso de lirismo de Abbado dirigiendo a Brahms en la *Filarmónica*, se refería con cordialidad al gesto de "tu colega Mollenhauer de acompañarme al concierto tratando torpemente de suplir tu dolorosa ausencia" y terminaba rogando que le avisara el día y hora del vuelo de vuelta para cocinarme algo en casa. Ni la más mínima alusión a Sophie Mass ni a su madre pese a que nuestras fotos ocupaban cada vez más espacio en los periódicos y semanarios alemanes a medida que Sophie avanzaba con tranco seguro hacia la final.

El día en que se clasificó para la finalísima derrotando en tres infartantes *sets* a una rival norteamericana, se organizó un baile de gala a beneficio de las obras en el *Roland Garros*, y tuve la ocasión de desempolvar mi *smoking*.

Una orquesta que imitaba a las maravillas a los conjuntos americanos de los cuarenta tocaba el tema de Roberto Lecaros "Sabrás que te quiero y no te quiero" y me perdí en el íntimo sonido de la trompeta con sordina que semejaba una voz humana en su relajado fraseo. *Fraseo*. Adoro este término favorito de los músicos de jazz para describir la indefinible mezcla de personalidad, originalidad, distorsión y tono emotivo con que un cantante o instrumentista expone un tema. Me detengo en una *palabra*, pues una vez más quiero detenerme en una persona: Sophie Mass. Sophie *fraseaba* su belleza con la naturalidad con que un nadador respira. Había en ella estilo y espontaneidad, una fórmula que pocos logran. El exceso de énfasis en el estilo conduce al artificio, demasiado acento en lo espontáneo lleva a la vulgaridad. Aquella noche de gala había dos estrellas de primera magnitud: aquellas que habían alcanzado la final a disputarse al día siguiente por la tarde. Una era por cierto nuestra Sophie, y la otra una avezada maestra de origen checo que reside en los Estados Unidos. El resto de los competidores ya habían partido hacia torneos de menor monta, pero las mesas estaban completas con conspicuos de diversas esferas. La celebración tenía lugar en el mismo Ritz, en un salón decorado con algunos espejos y muebles traídos de la Windsor Haus. La táctica de la condesa von Mass merecería estar en los anales de las relaciones públicas. Cierto que tenía exceso de rabia acumulada contra la aristocracia, pero sabía administrarla de una manera cautivante y provocadora. Hacía sentir a cada grupo de aristócratas que ella estaba feliz de la noble actitud que éstos habían tenido de no sumarse a los chismes y calumnias. Pasaron algunos días hasta que descubrí que la frase predilecta que les endilgaba a todos era: "querido, cómo te agradezco el apoyo moral que me has brindado en estos años terribles". Con una variante: "querida, el triunfo de Sophie es en parte tu propio triunfo". Fui testigo de esta frase dicha en el prominente lóbulo izquierdo de Mohamed al-Fayed, el multimillonario egipcio dueño del Ritz, quien aderezó una mesa para nosotros iluminada con precisión matemática para que combinara con las joyas y el vestido de Sophie. Imposible decir quién ganaría la final del domingo, pero la paliza psicológica administrada a la tenista checa con la puesta en escena de la condesa von Mass tiene que haberla hecho sentir como una Cenicienta frente a la princesa, a quien no se le transformarían los harapos en atuendos de gala, ni habría príncipe azul, ni una calesa de briosos corceles que la llevara a la cámara nupcial del hotel tras la derrota. Después de la cena, Sophie recorrió todas las mesas recibiendo elogios y parabienes, y justo cuando terminó "Sabrás que te quiero y no te quiero" inició su camino hacia nosotros perseguida por un buen mozo con aspecto de corredor de autos. Verla avanzar (tuve ganas de decir "verla materializarse") era lo mismo que un *crescendo* en una sinfonía romántica.

Olvidé todas las precauciones y en un arrebato me di vuelta hacia su madre:

—¡Sophie es un milagro!

La condesa levantó una ceja y me propinó una sonrisa irónica directa cual puñetazo al mentón.

—Es un *milagro* que se lo voy a explicar racionalmente: vestido de Christian Lacroix, cartera de Judith Leiber, collar de Cartier, Lancomes's Rouge à Lévres Satin in Le Red, y maquillaje de Olivier Echaudemaison. Zapatos alemanes.

—¿Y a cuánto asciende la inversión?

—Cuarenta y cinco mil francos.

Los últimos metros Sophie los caminó mirándome a los ojos y aumentando su sonrisa a medida que avanzaba. Tuve la impresión de que el locuaz interlocutor hablaba en el vacío. Entonces sucedió algo que me halagó en extremo. Ella me tendió su mano desnuda y me dijo:

—¿Está mal visto que una paciente saque a bailar a su médico?

No podía dejar esa mano *pública* flotando en el aire.

La tomé con dulzura, y tras sonreírle a la madre y al anónimo pretendiente, respondí:

—No, pero mis preocupaciones me tienen paralizado. Y el salón está lleno de raquetas con menos moho. Este joven mismo.

Indiqué al eventual galancete con la barbilla, pero Sophie evitó tomarlo en cuenta. Con una oleada de espontaneidad e imprudencia dijo, rotundamente delante de la madre:

—¿Tiene miedo de abrazarme?

Puesto que la respuesta era *sí*, dije:

—No.

—¿Entonces?

—Querida, yo estoy aquí para cuidarte, no para menearte.

Pero Sophie me levantó tirándome de la mano y así me fue llevando hacia la pista de baile mientras sobre mi nuca se clavaban las miradas de los asistentes, pero sobre toda una, cuyo escozor parecía patentado: la de la condesa. Una vez en el mar no queda otra que nadar. Sophie tuvo la discreción de no hacer nada llamativo durante el primer minuto. Mas en cuanto otras parejas se animaron y la curiosidad se descargó levemente de nosotros puso su cabeza en mi pecho y rozando sus labios en la solapa de mi *smoking* comenzó a soplarla produciendo ese calor que los niños llaman *fuego*.

—Soy un dragón —me dijo.

Una frase salvadora para distanciarme de la obsesiva concentración con que mi cuerpo sentía cada partícula del suyo estrechados en el baile. "Un dragón que echa fuego." ¡Cómo me dejaba ilusionar con las apariencias mundanas y señoriales de la *princesa*! ¡Pero si era una niñita! La excitación del triunfo no le aportaba más peso, sino más levedad, y su alegría la expresaba con juegos de fiestas navideñas. Sin embargo era la suya

una maniobra lúdica con la respiración, y el aire es un
Dios que trae noticias de nuestros recovecos más in-
sondables. Casi confirmando la línea de mi reflexión, se
empinó sobre "los zapatos alemanes" y puso sus labios
sobre mi oreja para confidenciarme:

—Quiero decirte algo.

—¿Qué? —dije mirando en dirección a la mesa de la
madre.

—Esto.

Y sopló muy levemente un airecito sobre mi lóbulo,
y luego condujo su viento detrás del pabellón, y después lo trajo hasta los cartílagos para arrastrarlo con sus
labios quizás hasta el tímpano.

—Sophie —dije.

Sin separarse de mi oreja, casi como si la mordis-
queara con sus dientes bulliciosamente traviesos, me
susurró:

—Mi pequeño, estás duro como un poste.

—Francamente, el baile no es mi fuerte.

—No me refería a eso.

—Volvamos a la mesa.

—Serías un grosero si me dejas sola en mitad de la
pista antes de que termine la música.

—Basta de juegos entonces.

—Yo nunca juego, Raymond.

—¿Y qué es lo que haces?

—Espero.

No, mi ángel; no iba a preguntar qué. Esa palabra
podría tirarme por un tobogán a la ruina. Aunque la
respuesta me fuera meridianamente favorable estaba
prisionero de mi *status* y mis inhibiciones.

—¿Para aliviar tus tensiones...?

—¿Yo, tenso?

—...¿no te gustaría escaparte de este museo e ir a un
local con música viva?

—Eso que tú llamas música viva a mí me mata.

Puso su cartera nacarada en el saco de mi *smoking* y frunciendo la boca cual niña caprichosa, suspiró:

—Estoy hastiada de vivir así.

—¿Cómo?

—Mi madre me trata como si fuera de cristal y en cualquier momento alguien o algo pudiese quebrarme. Ya casi no siento alegría cuando juego tenis. Todo es disciplina, entrenamiento, hoteles, canchas, aviones.

—Admiradores.

—No hay tiempo para conocer a nadie. Si alguien te gusta, cuando te llama por teléfono para una cita tú ya estás en el aeropuerto o en otra ciudad. Los tenistas sólo se acuestan con la raqueta.

En la lista de méritos para el título de *Supremo Imbécil de la República* que más temprano que tarde me será acordado, debo consignar esta frase quinceañera, dicha no por ella, sino por mí:

—¿Y tú?

—Raymond Papst —dijo entre medio de una risa con la que se esfumó toda la intimidad hasta entonces lograda—. ¡Qué pregunta tan audaz!

—Tal vez tonta, pero qué pueden tener de audaz dos sílabas.

—Tu pregunta me anima a hacerte otra.

—Adelante.

—¿Qué te dijo mi madre?

—Poniéndolo de un modo eufemístico, me *previno*.

—Y poniéndolo de un modo que yo entienda...

—Me amenazó.

—¿Y tú?

—¿Yo?

—¿Qué piensas hacer?

La música había cesado y se oyó nítido el sonido de las cucharillas revolviendo los cafés, mezclado al tintinear de las pulseras que colgaban de las riquísimas muñecas. A veces hay que hundirse en charlas necias para tener un segundo de inspiración. Los místicos hallaban la presencia de Dios hundiéndose en la tiniebla. En ese instante contesté algo que tenía el sabor de la venganza ("el placer de los dioses", decía mi infalible suegro) y que desplazaba el balón a su lado de la cancha. Observando su movida tras mi saque, yo podría improvisar mi táctica para el resto del juego. No me cupo en la cabeza que la imaginación de una quinceañera diera para concebir estrategias divergentes. Lo que ella hiciera para sí, sería también bueno para mí.

—Esperar —dije triunfal, y ahora sí añadí al texto toda una intención viril, solemne, expectante, soberana.

Era un segundo altamente sospechoso. Abrazados en medio del salón sin que la orquesta amenizara nuestro silencio, era un atentado contra la discreción y la prudencia. Pero no la podía dejar ir sin una réplica, así se levantara el escándalo entre los cientos que seguramente nos tenían clavados con sus miradas. Cuando Sophie se percató de que urgía una respuesta, y yo en medio del nerviosismo, comenzaba a gustar del triunfo, adelantó muy lenta, demorosa, intensa, quedamente, su cara con los labios entreabiertos dispuestos a besarme en la boca. No tenía más dudas acerca del contenido perturbador de su gesto, y me disponía a dejarla avanzar un centímetro más antes de apartar mi cara para eludir el bochorno público, cuando detuvo su movimiento, y me dijo con una expresión que la hizo crecer diez años:

—Te vas a podrir esperando, Raymond Papst.

En la habitación me despojé del *smoking* cual si me desprendiera de un pulpo con todos sus meticulosos tentáculos. Estaba húmedo, furioso, triste, desolado. Sobre el pañito rococó del velador se acumulaban unos cuatro o cinco telegramas, y debajo de ellos una carta a la cual no le presté atención inmediata. Algunos de los mensajes urgentes venían del barón von Bamberg. Su contenido no era distinto de los ya mencionados, de modo que me ahorro repetir esa palabra de grueso calibre. Uno de ellos, sin embargo, proponía una variante: "Vuelve Berlín a discutir problema herencia". No hacía falta un curso de hermenéutica para entender el mensaje implícito: "O vuelves hoy mismo o te deshe-redo". Otro papelito firmado por mi colega Mollen-hauer, virtuoso en tacañerías: "Caos, Mollenhauer".

Cuando me disponía a leer la carta me llamó la atención una luz de foco intenso que recorría las cortinas de mi ventanal. Curioso, apagué la lamparilla del velador, y pegándome sobre la pared quise espiar hacia afuera sin ser visto. Se trataba de un rayo dirigido por una linterna de tan gran potencia que no me permitía discernir a quién la manejaba. Por cierto se me ocurrió que podría ser Sophie tendiéndome otra de sus redes ambiguamente lúdicas, mas eran tantas mis falsas percepciones que opté por desechar esa idea. Se me ocurrió no obstante un plan para averiguar si la luz provenía de su pieza. Me deslicé hasta el teléfono y disqué el número de su habitación. Con el primer timbre, la luz cambió de rumbo y se volcó sobre el interior. Cuando levantó el fono, simplemente corté. No había pasado un minuto y ya la linterna volvía a azotar mi ventana con una intermitencia desesperante, la misma que tiene un niño encaprichado que patea el muro una eternidad para fastidiar a sus padres. Ostentosamente corrí la muelle cortina, pero no detuvo el juego. Aun con ese filtro, la linterna continuaba espasmódica proyectándose sobre el tapiz barroco de la pared, cual si fuera la réplica del ritmo de un corazón alborotado. Tirado sobre el lecho moví la cabeza tratando de ponerle letra a ese síncope. Podría ser: "te amo, te amo, te amo". O: "te odio, te odio, te odio". O: "ven, ven, ven". Bajé los párpados. Los relámpagos seguían tenues en mis retinas. Abrí los botones de la camisa y luego los de los pantalones. Un rato me entretuve en la ausencia de enrularme los pelos con la yema de los dedos y luego, fluidamente, la misma mano descendió rozando la piel hasta mi sexo. Lo toqué casi con piedad, con una suerte de camaradería que no tenía con él desde las fiebres de la adolescencia. Entre la piel y la tierna carne se había expandido la humedad. Luego conduje el brazo hacia la cabecera y preferí encender la lamparilla del velador con el propósito de ventilar pensamientos y ahuyentar fantasmas. Este fue el instante en que volví a ver el sobre. El marco de colores que lo ceñía no era habitual en mi correspondencia: líneas quebradas alternando el rojo con el amarillo. Sobre un voluminoso sello con la efigie de Goya habían timbrado Cibeles y Madrid. Al costado derecho un adhesivo rojo: *expreso*. Caligrafía informal, aunque inteligible, y meticulosa exposición de los datos del Ritz, incluido el código postal y el número cédex. Rajé el sobre con pequeños tirones de las uñas y al desplegar las tres páginas que contenía busqué curioso la firma del remitente. Allí estaba en negro melancólico y rabioso el nombre de Pablo Braganza. Encima del apellido el vocablo *suyo* y debajo una dirección —con letra excitada— pero también con el número del distrito.

Transcribo el texto tal cual lo leí, omitiendo las emociones y juicios que me provocaba línea a línea y párrafo a párrafo.

Dr. Papst :

Tengo delante mío fotos de periódicos españoles y franceses donde usted aparece merodeando a Sophie Mass. Me imagino que su conducta rastrera ante la condesa le ha franqueado un lugar en la corte y ahora comprendo el entusiasmo digno de matón de pueblo con que acometió la innoble tarea de apartarme de mi amada. Si yo desnudé ante un médico como usted mi apasionado corazón juvenil, fue porque esperaba guía, comprensión, solidaridad y sobre todo ayuda. Usted oyó con la astucia del ladino mis cuitas, se enteró de intimidades que me ponían en riesgo, y aunque usó contra mí la palabra *chantaje* a la luz de los hechos recientes se ve nítido que fue *usted* quien me chantajeó para arrancarme de Sophie y pavimentar su camino hacia la seducción. Veo su imagen en la prensa y haciendo caso omiso de la repugnancia que me produce el avance de la calvicie en su cabeza, me permito llamarle la atención sobre el ridículo que se desprende de su figura pública. Su descrédito comenzó cuando oculto como un anciano *voyeur* bajo las tribunas del estadio en Berlín dejaba caer esa lúbrica baba por la comisura de sus labios y con una labia de leguleyo, más que de doctor, me obligó a que lo acompañara a ese café donde le conté mis desdichas. Su conducta debió haber llamado la atención de mi alma inexperta, sobre todo cuando lo sorprendí una noche más tarde en un club juvenil buscando *elementos* para ejercer sus depravaciones. No debí por tanto aterrarme ante su brutal entrada a mi pieza del hotel, sino que tendría que haber resistido con vigor a sus amenazas. ¿Pero cómo me iba entonces a imaginar que todo era una estratagema para arrimar su añejo cuerpo al de Sophie, libre de mi presencia? ¿Por qué no me dijo que iría a su rastra a París? ¿Por qué no confesó que andaba cual un perro olfateando su sombra, acaso recogiendo sus camisetas transpiradas en los camarines para hacer de ellas un fetiche? ¿Y? ¿Ha logrado nutrirse de esos restos?

¿Ha alcanzado la piedad de Sophie para arrojarle un hueso que pueda lamer en el secreto vergonzoso de su casucha? ¿Se ha dado cuenta ya que con toda su zalamería y adulaciones no ha conseguido nada? ¿O todavía se hace ilusiones? Permítame entonces un gesto sincero de amistad que retribuya aquel que usted tuvo conmigo en Berlín.

Le haré una confesión que lo ayudará a dirimir sus dudas y empacar de vuelta a casa. Cuando vino a expulsarme del paraíso en que me hallaba, quise decírselo antes de coger el vuelo a Frankfurt, mas usted con la intuición de los cobardes se negó a oírme. ¿Adivinó en mi gesto de entonces el motivo contundente que explica mi entrañable relación con Sophie?

Si prefiere puede arrojar ahora este papel al canasto de la basura o destrozarlo en pedacitos o molerlo en partículas. Para probarle que no doy golpes arteros le prevengo desde ya el contenido de lo que viene: una descripción de lo que ocurrió aquella noche en el Kempinski después que usted se alejara prudente, pero vengativo de la discoteca, y horas antes de que Sophie se desmayara en la cancha por razones que con galimáticas figuras de hechicero de tribu usted habrá explicado a mi amada y a su madre. Ahora sabrá la verdad que no incluyen sus libros.

Bebimos champagne cada cual a su antojo. Yo con la desmesura del enamorado y el frenesí de la poesía (*sic: cumplo mi promesa de no intervenir en el texto*), ella en las dosis discretas que recomiendan la cordura y el deporte. En el local se bailaba música de moda, pero el tema de nuestra charla fue la poesía romántica española, en especial los versos de Bécquer, y una exposición de arte contemporáneo que vi en el centro Reina Sofía en Madrid y a la cual pretendía invitarla antes, *en vez,* o después de París. Quería que ella presenciara esos cuadros alucinantes en los cuales yo había visto crecer mi amor por ella. En cada uno de esos trazos de óleo vibrante se expresaba un matiz de mi pasión. En mis largas jornadas en esos salones, descubría que el hombre en tensión amatoria rescataba o exigía de todas las cosas amor. Sophie posee algo que caracteriza a la obra de arte inefable y en aquel recinto quería mostrarle con imágenes la verdad de su alma; un sol se expandería en la mente de mi amada, soltaría las amarras de su navío provinciano, sus ojos se llenarían de estrellas y cada misterioso pliegue de su alma se colmaría de libertad; dejaría de ser el ídolo domado y consumible para millones que sólo ansían medirla con sus menguadas varas, gastarla con sus genuflexiones baratas, **explotarla** para sus diversiones dominicales, su prensa mediocre, sus copas de latón, las zapatillas y raquetas con marcas registradas.

Me imaginaba que recorría conmigo los salones y que en ese recogido silencio, filtrado esta vez por sus ojos, hallaría la imagen que me permitiría untar febril y devoto una palabra exorcizante sobre sus labios. Sophie es una mujer y un misterio. Un enigma enorme como un país con pobladas avenidas, calles laterales, subrepticios senderos, recónditos páramos, abismos y cordilleras (sic). Ella *tiene y no tiene* conciencia de esa misteriosa irradiación. Su talento deportivo le cubre el acceso a ese dominio donde el ángel dormido espera el beso del príncipe que lo salve del maleficio. Ella se sabe maravillosa. Pero cree que es su *status* de estrella del tenis lo que explica y agota su magia. De allí que yo haya luchado con el tesón del amante por señalarle la ruta de su libertad. Y no hay otro medio para ser libre que hundirse en los maravillosos vértigos del arte y de la poesía donde la buena metáfora y el sol de la palabra valen más que la vida y el pan. Le he regalado libros de arte, casetes y discos con mis composiciones predilectas, un dibujo original de Picasso, y sobre todo poesía, nada de esos versos instantáneos o pretensiosos que hacen para el olvido los jóvenes pretensiosos sino aquellos que conectan al hombre con su pasado, los mitos, los dioses, esa poesía en la que vibra eternidad y que te transporta en un ritmo épico, en una meditación que envuelve nuestro insignificante presente con un halo de trascendencia. Entre otros autores hemos leído juntos a Saint John Perse, a Seferis, a Milosz, a Hölderlin, y a Emily Dickinson, nombres que por cierto no le dirán nada a alguien como usted, empeñado en su lucha por el dinero y por una notoriedad vicaria mendigada a la sombra de los éxitos de Sophie. Ya tuvo lo que buscaba, doctor Papst. Estas fotos en los diarios le aseguran la migaja de publicidad que quería.

Ahora retírese discretamente a su gabinete, enmarque las fotos donde el azar lo puso al lado de ella, y jáctese de la aventura, que nunca tuvo, ante sus cohibidos pacientes.

Aquella noche hablamos de Gustavo Adolfo Bécquer, de su delicadeza, de la levedad con que expresa en letra rimada y armoniosa todo lo que en él es sangre y turbulencia. No podía improvisar en alemán lo que en castellano era la respiración de un alma.

Sophie bailó con un forajido un par de temas mientras me laceraba el horror de que otro la tocase. Fui arrebatado por una depresión sin fronteras. Usted se rió de las píldoras estupefacientes y del revólver y me hizo sentir un payaso o un adolescente histérico.

Si supiera sin embargo con qué íntima convicción adquirí ambas herramientas. ¿Cómo probarle a Sophie que si cada minuto lejos de ella era una navaja que se hendía en mis venas desangrándome, el hecho de que otro estableciese un contacto físico con su piel era algo tan quemante que semejaba una agonía? (sic).Tenía que decírselo *radicalmente* en el único lenguaje que puede comprender un amor tan *radical*: la muerte. Al volver a la mesa del club no quise mirarla, pero ella, angelical, intuitiva, con esa agudeza para captar los momentos definitorios y distinguir lo frívolo de lo esencial, me dijo, tomándome de la mano, *vamos a tu hotel*.

En cuanto entramos se apoyó contra la muralla y combó levemente hacia afuera su vientre. Me desprendí de la chaqueta arrojándola sobre la alfombra y, ubicándome frente a ella, acerqué mi boca con el propósito de besarla. Sophie interpuso la mano extendida y mis labios tuvieron que consolarse con rozar sus nudillos. Cuando apartó sus dedos, la miré fijo a la búsqueda de una pista que me permitiese hacer algo que la complaciese. Había dejado caer los brazos en señal de abandono y el cuello se doblaba tierno sobre un hombro. Quise abrir su blusa sin ocultar la excitación que me procuraba una imagen anticipada: yo mordiendo delicadamente uno de sus pezones. Mas Sophie detuvo mi acción, esta vez sin obstáculos físicos: se limitó a negar con la cabeza. Otra vez la misma ansiedad, otra vez el desconcierto. Entonces fue cuando ella puso sus condiciones. Lo hizo con un gesto nada de ambiguo, pero que en un principio me resistí a tomarlo al pie de la letra.

Había bajado lentamente la mirada hacia mis pantalones y la había demorado en el cruce de mis piernas. Mi impasibilidad, sólo producto del desconcierto, no pareció molestarla, pero al cabo de medio minuto una de sus manos subió hasta mi cabello, se internó en esa frondosidad, y con un gesto unívoco presionó sobre mi cabeza indicándome que me arrodillara. Una vez abajo, las manos temblando de delicia (sic) las hundí bajo su falda y sin rozar sus muslos prendí con mis uñas el elástico de sus breves calzones y los tiré hacia las rodillas mientras ella ayudaba su desplazamiento estrechando la carne de sus piernas. Cuando la prenda pendía entre sus rótulas, puse el índice encima y la desprendí hasta ponerla sobre los tacos altísimos de sus zapatos. Ella culminó el proceso descalzándose un pie, alzando con el dedo mayor el *slip*, y arrojándolo a un costado. La leve falda de seda ocultaba esa nueva desnudez y no pude resistir la locura de besar su vientre sobre ella. Avancé mis labios sobre el vestido y tuve la primera emoción del grosor de su mata de pelo a través de los labios. Fue ella quien levantó en seguida el vestido ofreciendo a una distancia mínima el imprevisto espectáculo de su sexo. Equilibrándome sobre el frágil hilado de una tela de araña extendí la piel tenuemente rosa alrededor de su clítoris y al enfocar su volumen avancé sobre él mi lengua, lo humedecí con mi saliva espesa, y luego lo apreté contra mis labios suspirando el olor que toda esa zona desprendía.

Después se lo lamí (sic) con una serenidad que mi corazón violento desmentía sin que ella cambiara su posición contra la muralla, sin que rotara las caderas, sin emitir un sonido que no fuera el de su respiración, que parecía detectar cada matiz de mis toques sobre su carne. No acariciaba mi pelo, ni sus manos venían a coordinar la falta o el exceso de presión de mi lengua. Se diría que en ese minuto prescindía de mi cuerpo y del suyo. En ese absoluto del instante sólo existía su clítoris y mi lengua. Si estuve cinco o diez minutos bajo ese dulce yugo no puedo decirlo. Ansiaba tomarla, derramarla sobre el lecho y untarla con mi saliva y mi alborotado semen desde el peroné hasta las pestañas, pero no me atrevía a quebrar el hechizo, y la placidez y conformidad de ella era imperiosa. Tras largo rato, hubo en su vientre una especie de descarga y entonces sí sus manos se agarrotaron sobre mi cabeza y su voz repentinamente áspera dijo:

—¡Ahora!

Y agregó:

—¡Búscame, búscame!

Mi inspiración me condujo a unir mis labios a la lengua y frotando con ambos, mis ojos vagos de lágrimas, aceleré la velocidad y la presión, hasta que ella gritó *amor mío*, se sacudió entregada a los vaivenes del orgasmo y con la palma de la mano sobre mi frente me apartó cual una cautiva que pidiera tregua.

¿Debo darle más detalles de esta jornada, doctor Papst?

¿Quiere que le diga cuántas palabras de amor más derramó su boca esa noche? ¿Necesita que le precise en qué circunstancias físicas éstas fueron pronunciadas?

Tendré la gentileza de ahorrárselas. Pero no puedo callarle que de esa noche de poesía y sexo nació una ligazón entrañable entre los dos que hará palidecer toda otra relación como insuficiente, ridícula y anecdótica.

Usted se dio maña para separarme de ella, se subió al carro de la madre con sus descocadas ambiciones de fama y amistades artificiales, sus pendejadas de reyezuelos y bufones, sus colecciones de anillos, que cual garrapatas le tuercen los dedos, los collares que no ocultan el horrible tajo de sus arrugas. ¡Quizás gane el torneo de

París! ¿Pero qué hará Sophie entonces? ¿Usted cree que seguirá tirando su vida sobre una red? Conmigo conoció emociones que no le darán sus años, doctor Papst; eléctricos voltajes de poesía y sexo que su rutinaria imaginación no pueden concebir. Conozco la atracción que ejerzo sobre ella. Aquí, como siempre, el amor triunfará. Permítame la despedida con unos versos de Quevedo:

"Tanta tierra y tantos mares
podrán ponérseme en medio,
podrán mi fuego apartar,
pero no templar mi fuego."

Suyo,
Pablo Braganza.

Avancé a tumbos hacia el baño acometido por una súbita ceguera, un disturbio que no me permitía coordinar movimientos. Las sienes tensas, un sudor inédito sobre los párpados. La decencia me indica ahorrar en este punto otras manifestaciones físicas. Puse la cabeza bajo la canilla del agua fría y dejé que ésta se volcara durante largo tiempo en mi nuca y mis cabellos.

Me froté alucinado los párpados.

Escupí violento contra la pared, asaltado por las imágenes de su carta. De su *informe*, corregí. No podía pensar en esta compulsión. Sequé la transpiración del pecho con la cortina que daba al patio interior. Las señales luminosas habían cesado. El aposento de Sophie estaba oscuro. ¿Estaría dentro aún poseída de los mismos caprichos que le roían el sueño? ¿Se habría adormecido como un robusto bebé con las retinas colmadas de escenas en las que se veía triunfando en la final del domingo? ¿O habría echado su cuerpo sobre la pista de una discoteca al garete, esperando que cualquier marinero de paso le soplara su aliento de *pernaud* en los lóbulos?

Para salvarme, tenía que escribir. Mañana, en una

semana, en un año tal vez vería còn minucia psicopática la carta, pero ahora tenía que devolver ese *brulote*, esa pachotada exhibicionista, mediante un ladrillazo poético que ajusticiara al imberbe con su propia arma. Peso esta frase metafórica en la balanza de la realidad actual y lamento su carácter inoportuno y profético, mas la consigno con el mismo rigor de siempre, al cual aspiro a convertir en método. No escribo para complacerme ni para compensar lo que la realidad no me ha permitido ser, sino como Svevo, lo hago para desengañarme, para fustigar mis ilusiones, para quebrar las máscaras. No quiero caer en ese vicio que Jules de Daultier llamaba evocando a Flaubert el tic del bovarysmo: concebirse diferente o distinto de lo que en realidad se es.

Cogí mi estilográfica con la cual había fustigado una vida apacible llenando estúpidas recetas, y escribí la siguiente réplica sobre el papel caratulado del Ritz:

Señor
Pablo Braganza

Distraídamente leí sus bravatas. Puesto que le interesa la poesía, y conociéndolo ya un poquito en sus facetas histriónicas, me permito mandarle esta frase del epistolario con Rodin, de Rilke en su residencia en España, en la esperanza de que capte cuán indiferente me son sus jactancias:

"Se diría que un heroísmo sin objeto, pero jamás inactivo, ha formado España: se levanta, se tensa, se exagera, provoca al cielo, y éste, de vez en cuando, para darle placer, monta en cólera y responde con gestos de nubes, pero no pasa de ser un espectáculo generoso e inútil."

También en el saludo imitando a Rilke: con un apretón de manos, suyo, Raymond Papst.

Por el conmutador pedí que un mozo viniera a reco-ger la esquela. Le dije que la enviara por expreso, y que si no le molestaba un segundo viaje a mi cuarto que volviera trayendo un champagne *Ritz piccolo*. Resuelto este trámite, y consecuentemente resuelto el contenido de la botella, calcé zapato italiano, *smoking* de suegro, corbata mariposa con aire Harvard, colleras nupciales de Ana en los puños, y me dirigí, con la cordura del demente, al ascensor que me llevaría a la pieza de Sophie. Hacía años que no fumaba, pero hubiera dado el bastón enchapado en oro de mi suegro por un cigarrito. A toda velocidad, cual si el ritmo anulara la prudencia, marché enérgico hasta su puerta, y golpeé con la discreción típica de quien trae intenciones clandestinas. Un minuto aguardé que abriera la puerta, y al advertir que no hubo reacción, volví a mi cuarto, descalcé zapato italiano, despojé smoking de suegro, desvolé mariposa de Harvard, destrabé collera de Ana, y hundiéndome entre las sábanas toqué mi falo.

En el Ritz sirven unos desayunos pantagruélicos. Cada huésped cada mañana de cada mes de cada año —dice el folleto— debe sentirse cual si emergiera de una noche de bodas. Los huevos en las copas de plata, las frutas casi maquilladas en su perfecta luminosidad, la irresistible textura de los relieves en los jarros de té, los sutiles bordados en los extremos de la servilleta, y la botella de *piccolo*, gentileza de Diana von Mass. Ese fue el marco de oro en que releí el alegato de Pablo Braganza, esta vez sin turbaciones emocionales y tratando de distinguir el ruido de la furia, de detectar cuántas piedras traía el río.

Dejé de lado las primeras acusaciones en mi contra de chantajista y arribismo pues una no me concernía y la otra, siendo parcialmente cierta, no jugaba un rol clave en este caso. Que yo fuera un depravado quedaba desmentido por el hecho transparente de que no le había dado ni un beso siquiera, ni a Sophie ni a ninguna mujer de esa edad desde hacía treinta y dos años. Otra cosa eran, claro, las ideas, los fantasmas con sus ofertas lúbricas. Había una canción de mi adolescencia, de Alberts y The Four Aces, llamada "Standing on the corner watching all the girls go bye" donde en su fragmento más filosófico se decía: *"Brother, you can't go to jail for what you're thinking".** Creo que esta cita basta para despachar el tema *depravación*, y si por acaso la fantasía estuviera penada en alguna legislación del mundo me complacería asegurar que estaría entre rejas, pero acompañado de la humanidad en pleno.

Las caricaturas de *lubricidad* descritas en mi beneficio por el joven Braganza eran una libre transposición de escenas de Goya, las cuales no me calzaban ni aunque me pusiera en el más entusiasta plan autodestructivo.

Por lo tanto, la simpática cartita comenzaba a interesarme después de la introducción. A partir del momento en que plantea dos grandes temas: 1) Qué ha conseguido Papst de Sophie Mass y 2) La noche de amor en el Kempinski que desencadenó esta historia, este viaje, y por qué no decirlo, esta demencia.

Me sumergí en el complejo *uno* acariciando una naranja californiana vigorosa cual sandía, que parecía casi un chiste sobre la opulencia del *Ritz* para llegar en un minuto a la siguiente conclusión: Braganza estaba en lo cierto. Salvo problemas, el doctor Papst no había

---

* "Hermano, no te pueden meter a la cárcel por lo que estás pensando."

pedido ni obtenido NADA de Sophie Mass. Punto, *game* y *set* para mi joven rival.

El tema *dos* era inmensamente más intricado y surtido y el método más cartesiano indicaba la prudencia de desmenuzarlo en subtemas para alcanzar ideas claras y distintas. Digamos entonces *uno a* y dediquémonos al subcomplejo poësía. Me río a carcajadas de esa ridiculez de pretender descubrir el ser íntimo de una persona aplicándole una antología de poesía contemporánea como quien propina electroshocks a un esquizofrénico. Más que asestarle versos a su amada, el jovencito debiera haber aprendido algo de la retórica de los poetas que cita para no incurrir en frases cursis como: *Un sol se expandería en el alma de mi amada, soltaría las amarras de su navío provinciano, sus ojos se llenarían de estrellas.* Sé muy bien que —como lo aprendí de la viuda González— cuando los hombres se calientan hasta el hígado se les pone poético, pero esa diarrea de metaforones con los cuales asediaba a Sophie habían sido probablemente el motivo de su desmayo en la cancha antes que la performance sexual del joven doctor Higgins. El mundo está lleno de estos jovencitos cargantes que se sienten poseedores de la verdad y que andan por aquí y allá amargándole la bilis a la gente pidiéndole que sean como ellos para declararlos *auténticos*. Me sorprende que semejante conducta viniera de un español, el pueblo que mejor disfruta de ese alto grado de inteligencia que consiste en saber ser espontáneos, ya que estos profetas de café son una especialidad alemana, y en Berlín los hay por *a dime a dozen*.* Pero también era cierto que mi impugnador hablaba perfectamente el alemán, señal quizás de que fuera el hijo de un industrial avecindado en estas zonas que hubiera adquirido aquí estas cos-

---

* A diez centavos la docena.

tumbres. La otra vía de acceso a semejante conducta podría haber sido a través de Ortega y Gasset, quien intoxicó a los españoles con filosofía germánica, pero el dinamismo que mostraba la moderna sociedad española en democracia era un índice de que la joven generación no comulgaba con esos caldos de cabeza.

Del tema dos entonces, lo dolorosamente rescatable era enterarme de que el maravilloso poema de Milosz con el que la pequeña Sophie me había desquiciado provenía del diletantismo poético de su joven enamorado. No pude evitar la rabia ni apartar de mí imágenes aceitosas en las cuales el poema, trajinado hasta el insomnio, aparecía ribeteado por gotas de esperma de mi rival. Entonces tenía razón la madre. Sophie no entendía palote de poesía. Concedido: ¡pero cómo administraba esta ignorancia!

De los poetas y poemas citados, sólo puedo decir que la lista del muchacho me parecía impecable. De Bécquer no había leído nunca nada, pero tampoco este maestro había iluminado la pluma de su discípulo, pues malamente se le podía aplicar a esta carta las palabras con que él alabara al genio romántico: "expresa en letra rimada y armoniosa todo lo que en él es sangre y turbulencia". Como digo, me abstengo de emitir un juicio sobre el buen Bécquer, pero tocante a la descripción de Pablo me permito comentar que la sangre es excelente para hacer transfusiones, pero no versos. Al final se despedía con Quevedo, de quien sólo conocía un verso vía mi profesor de Historia de la Medicina, quien se paseaba por los parques de Harvard repitiendo el verso: "No cantan ya los doctos ruiseñores". La aparición de este poeta en el colofón de la carta, hay que decirlo, la animaba considerablemente.

Entremos entonces en la materia de esta noche de amor.

Primerísima pregunta: ¿por qué me la contaba?

Respuesta: para probar que Sophie le pertenecía. Que tenía la pretensión de haberla colonizado poéticamente, estaba claro. Tocante al aspecto físico, la esquela quería sugerir que él la volvía loca, que la extenuaba de placer, y que su instrumento (dotado de quien sabe cuántas virtudes) era la varita mágica con que la había cautivado. De muy cerca viene la recomendación, decía mi abuela.

La varita sería entonces la razón del desmayo en la cancha, y no los argumentos que yo había esgrimido "con galimáticas figuras de hechicero de tribu". Al parecer el muchacho tenía más fe puesta en las virtudes seductoras de este instrumento que en su biblioteca pues había enfatizado aquél y no ésta en su famosa despedida en el aeropuerto de Berlín. El agarrón de entonces, aparte de grosero, no daba una información exhaustiva sobre los atributos de los cuales parecía jactarse.

Ergo, había que pesquisar en la extensa carta las proezas de la varita durante esa noche de amor. Sorpresa: aunque la descripción de las escenas eróticas tiende a ser minuciosa, aquel personaje que debiera ocupar el rol estelar del bebé en el bautizo y del cadáver en el funeral no aparece nombrado ni una vez, ni se sugiere que haya entrado en acción. Antes bien, el héroe de la batalla había sido una heroína flexible, contra la cual no tengo nada, pero en ese rubro hay más doctos ruiseñores cuanto más viejos se ponen. Si él denigraba mis años contrastándolos con su fugacidad adolescente, al igual que en el póker, tenía que mostrar algo más que un simple par de monos. Alenté estos razonamientos con un dedal de champañito y el recuerdo de una deliciosa traducción al inglés de un poeta erótico mexicano en la cual el intérprete había tenido el acierto de confundir la palabra española *lengua, tongue*, con la inglesa *language*. El resultado era inédito: la *language* era capaz de tales prodigios eróticos que el joven Pablo, adicto a ella en ambos sentidos, hubiera encontrado la síntesis ideal de poesía y sexo.

El escenario de esta noche de amor era además, por decir lo menos, peculiar. En un aposento de la categoría del Kempinski, reducirse a unos centímetros cuadrados de muro (habiendo en el hotel y la ciudad muro hasta saciarse) era casi miopía. No niego que hacia el final de la carta, Pablo sugiere que me ahorra otros incidentes con la dadivosa razón de ahorrarme dolores, pero recuerda ser magnánimo en su informe cuando la mujer de mis desvelos ya ha tenido —o fingido— un orgasmo de película.

Admito un poco de mala leche en mi primera conclusión: si el locuaz y lirófono Pablo Braganza no cuenta más es porque esa noche no hay *nada más* que contar.

Aunque en una hora comenzaba la final, aún le eché otra mirada al texto proponiéndome otra hipótesis. El joven no sólo no dice la verdad cuando cuenta que omite sino que también omite la verdad cuando cuenta. Puesto en buen cristiano: salvo un poco de jaleo con el frasquito de mortíferas aspirinas, y algún *click* del revólver descargado, la noche no había tenido otro orgasmo ni clímax.

Avanti popolo. ¿Cuál era entonces su meta al propinarme ya no un documento —que por cierto había cumplido la noche anterior la misión de irritarme hasta el colon —sino una pieza de ficción con desaciertos poéticos propios y méritos ajenos?

Respuesta con timbales, trompetas y clarines triunfales: el joven amante sabía a través de Sophie que era a mí, al mismísimo doctor Papst, a quien ella amaba, y presumía que estando yo en París con la mujer de sus sueños, aquello que él había *escrito que había pasado* con él, *pasaría* conmigo. En este caso, el sentido de su texto era una suerte de sahumerio, algo así como un hechizo, una maldición, un talismán para que lo que él deseó y no tuvo tampoco lo tuviera yo. De ser así, su conducta era bastante irracional, pues un texto como el suyo podría actuar como antídoto, pero también como inspiración.

El método ibérico poseía una diabólica astucia: no me sería posible confirmar o negar el informe, o el *cuento*, pues jamás de los jamases me podría presentar con ese libelo ante Sophie para que me certificara la verdad del documento. El gesto de Pablo, pues, daba por descontado que el dardo de su carta se clavaba en mi corazón (una imagen con sangre de las que él amaba) y allí permanecería. Yo, como su médico, amigo, y rival, sería la persona menos interesada del mundo en divulgar el contenido de su informe. Horas después conocí periodistas que hubieran vendido a su madre por tener ese texto, verdadero o ficticio. Lo turbio en la conducta del joven se limitaba a narrar una confidencia que violaba todos los códigos de capa y de espada con los que derraman lágrimas sus connacionales. Pero, perdón por esta frase patética en la que lamentablemente creo fervorosamente, lo hacía mal aconsejado por los desórdenes del amor y merecía mi perdón.

Había algo irreal en la coreografía de la escena de amor. En una segunda vuelta, la extravagancia de optar por la posición supina, junto al tesón de ella de no dejarse besar los labios y proponer en cambio su sexo, tenía una cualidad fantástica, y por qué no decirlo, poética. Al negar una apropiación física de algo tan expuesto como su boca, privatizaba y hacía inalcanzable algo público. No era mala estrategia de parte de un ídolo. Nunca la carta de Pablo hablaba de que la hubiera besado. Ya que el joven comparaba a Sophie con imágenes naturales dignas del *National Geographic Magazine*, cabría decir que se le había concedido una superficial excursión por "un subrepticio sendero", pero que no había alcanzado la cima de la cordillera, ni muchísimo menos el vértigo de su abismo.

Resumiendo. Si el joven no mentía en su informe, Sophie proponía una charada, se establecía como enigmática, soberana pese a su edad, y violentamente erótica. Si la escena descrita era, por el contrario, una invención literaria de Braganza, había que admitir que desbrozando su prosa de metaforones se podía llegar a una idea poética.

Fui descascarando la naranja, que en verdad no pensaba comer, para descargar algo de la energía acumulada al especular sobre la verdad de su esquela. Esta fue mi reflexión final antes de marcharme a la cancha.

En la extensa parrafada se daba cuenta de estados de ánimo, se describían situaciones y se narraba una acción. Todo mediatizado por el autor, quien acentuaba esto y lo otro, maquillaba con sus metaforones algunos momentos creyendo que así los convertía en sublimes, y una y otra vez, con ese egoísmo que ya le había detectado en Berlín, llamaba la atención sobre la habilidad de su *performance*. Pues bien, sólo había un momento en que se daba salida directa a la voz del personaje femenino de su novela, y justo en los umbrales del supuesto orgasmo. Sus palabras son entonces *Amor mío*, y curiosamente *búscame, búscame*. Aunque es un abominable ejercicio en la obviedad, Pablo destaca este texto sin mediatizarlo pues le interesa hacerme saber que fue designado por la esquiva boca de Sophie como *amor mío* y en seguida sugerirme que ese bellísimo *búscame, búscame* había culminado cuando las artes labiales movidas por "la inspiración" la habían *encontrado*.

Consecuente con mi dialéctica, me propuse no cuestionar la veracidad de este testimonio sino interpretar los hechos tal cual fueron expuestos, pero de otra manera. Me da vergüenza atacar con pedestre lógica el hallazgo poético de Sophie o de Braganza de expresar ese afán de placer en las metafísicas palabras *búscame*, *búscame*, pero sólo a modo de ejercicio interpreté los tres vocablos emitidos por ella (tres, ya que el verbo en imperativo simplemente se repite variando, por cierto, el valor efectivo de la frase) del siguiente modo:

Sophie se encuentra en la habitación del Kempinski en un apremio.

Hay algo de violencia.

Tira y afloja de prendas, amenazas y debilidades de ambos.

La brutalidad se va imponiendo, la chica se siente indefensa.

En su angustia pide auxilio.

Clama por su amor —no el hombre que ahora la acosa— sino por quien la proteja y defienda.

Búscame, *búscame* —siguiendo la lógica de esta línea— no se le dice a alguien que está ahí, de cuerpo presente, sino a una persona lejana cuya compañía se desea con urgencia.

Hasta aquí llega la interpretación alternativa. Admito que vista así de sopetón tiene algo descabellado, cuando no de arbitrario. Compartiría esta crítica si no estuviera ésta en el contexto que conocemos: al día siguiente Sophie se desmaya y *me pide* que intervenga para librarla del joven chantajista. Me lo pide a *mí*. Es decir, a la persona que se presentó en la horrenda discoteca para protegerla, al mismo hombre que le mostró su arrobamiento en la cancha de tenis, a ese ser a quien ya antes en la pista de baile le había extendido los brazos en un gesto anticipatorio de ese *búscame*,

búscame. Si el amor y el sexo habían sido tan plenos y felices como Pablo lo pintaba, ¿por qué diablos me rogaba horas después de esa noche de pesadilla que le sacara ese obstáculo del camino?

¡Pobre Sophie! ¿Y ahora mismo, desvalida en la cancha en víspera de la finalísima, acaso no me necesitaba, mientras yo cual un obseso leía fantasías sobre ella en vez de disfrutar su presencia *real* en París? Casi como un buen augurio encontré entre los confites una porción de *Bienenstich*. Siguiendo una arraigada tradición me lo fui comiendo por el camino.

El match había empezado con pavorosa puntualidad, y casi no di crédito a mis ojos cuando vi el marcador. Sophie perdía por dos *games* a cero. Si para un aficionado es grave que le quiebren el servicio en los primeros minutos, para un profesional es mortífero, sobre todo tratándose de una final. La rival era norteamericana y se paseaba por la línea del fondo cual leona que con su sola presencia intentaba crear terror. No mascaba chicle, pero hacía como. Al sentarme en el banquillo junto a la condesa, Sophie quedó tan paralogizada mirando en mi dirección, que su rival que se aprontaba a servir detuvo su acción, puso las manos en la cintura, y desvió la vista con el rumbo que Sophie señalaba. En diez segundos tuve los ojos de todo el estadio encima, e incómodo, fingí ajustarme sobre el cuello una corbata imaginaria.

Chasqueé los dedos, pretendiendo una humorada, a

ver si conseguía sacar a la *princesa* de la instantánea
ausencia en que había sucumbido. ¿O había algo teatral
en su actitud, o estábamos a punto de un escándalo
parecido al de Berlín? El juez tuvo que intervenir.

—¿Señorita Mass?

Recién entonces, fue lento hasta su posición tras el
rectángulo derecho y se agazapó para responder al
saque de la americana. Lo hizo con la picardía que me
era familiar. *Love-fifteen*, dijo el árbitro.

—Bienvenido, doctor —se alivió la condesa—. ¿Dónde
se había metido?

—En mi cuarto. Tuve una noche terrible.

—¿Por qué?

Aplaudí junto al público el segundo punto de Sophie.
Ahora le soplaba a favor el viento de la desventaja.
Nada le gusta tanto al espectador de tenis que sacar con
su estímulo a flote a un náufrago.

—*Nocte dieque incubando*.

Diana me alcanzó un frasco marrón y me indicó con
un gesto de la mandíbula que leyera la etiqueta. Era un
somnífero de alta potencia.

—Anoche tuve que darle esto a mi hija para que la
pobre pudiera dormir. Estaba irritable, desesperada,
vuelta loca.

—¡Dios mío! ¿Por qué no me llamó?

Aplaudimos juntos el *game*.

—Ahí está el problema, doctor. Porque anoche el
remedio hubiera sido peor que la enfermedad.

—No comprendo.

—Tengo la impresión de que Sophie está enamorada
de usted, doctor.

—Me encantaría disfrutar esta final sin oír sandeces,
condesa von Mass.

—Enamorada y no platónicamente, si me entiende lo
que le quiero decir.

—Por suerte no, madame.

—Anoche quería ir a golpear a su puerta. La detuve encerrándola en mi habitación. Al final, durmió en mi lecho.

—Son interpretaciones antojadizas suyas.

—Ya le previne una vez, doctor Papst, y ahora más que nunca lo conmino a obedecerme. Separe el terreno profesional del afectivo.

—Es lo que hago —grité, siendo acallado milagrosamente por el público que celebró el *game* del empate para Sophie. Diana se tomó el heroico botón de su polera, y lo abrió, y lo cerró, y lo abrió otra vez.

—Si tiene alguna urgencia, doctor... París está lleno de bellísimas mujeres.

—Le pido comprensión. Estoy casado.

—Casado, pero no enamorado.

—¿*Beg your pardon?*

—Sospecho que usted está más enamorado del dinero del barón von Bamberg que de su mujer.

Por un momento tuve que despegar los ojos del *match* para mirar colérico a la madre.

—Condesa: esto es un partido desigual. Yo le tiro bolitas de papel y usted me replica con bombas de neutrones.

Hice ademán de levantarme, pero ella me sentó con vigor viril en el banquillo.

—Usted sabe que si se va, Sophie pierde.

—¿Entonces qué quiere que haga?

—Quédese con nosotros hasta Londres al menos. Pero le advierto que si usted se mete con ella le arrancaré los ojos y se los tiraré a los cerdos.

—En ese caso le pido que con el dinero del premio me compre un perro que me sirva de lazarillo.

—¡Perro y bastón blanco, doctor!

Todos los incidentes y consideraciones marginales

me habían apartado de la fuente primogénita de mi admiración por Sophie: su excelencia en el tenis. Contrarrestaba la vehemencia física de su experimentada rival con astucia. Supo hallarle los flancos débiles en las postrimerías del primer *set*, y la bombardeó con *twists* en los servicios que dejaban inmóvil a la norteamericana. *Inmóvil* es un modo de decir, porque al menos movía la cabeza como diciendo increíble lo que hace este insecto.

La otra técnica de la que abusó con éxito durante el segundo set, fue la de coger todas las bolas suaves combinando el golpe *mariposa* con un salto que en verdad le hacía honor al bellísimo lepidóptero. El efecto era tal que la bola caía muerta a los pies de su rival sin que el más mínimo rebote le permitiera ingeniar una respuesta. Contra todas las previsiones el match fue ganado en dos *sets*, y en la algarabía de los festejos, me perdieron de vista ella y su madre. Un par de fotógrafos que me habían rogado que les posara con la estrella dos días antes me saludaron con informalidad adolescente y no se detuvieron al verme caminar de vuelta al hotel pateando castañas desprendidas de los árboles. Estaba triste. Un sentimiento que en Berlín no me venía, pero que París pese a todo su esplendor estimula. Era como si el éxito de Sophie me hiriera. Como si la belleza casi picaresca con que coronó el torneo fuera el grandioso comienzo de un fin. Iba lento y con una sonrisa que contradecía lo impreciso de las pulsaciones de mi corazón. De un momento como este el maestro Milosz podría haberse mandado un poemazo. Porque, ¿qué es la gran poesía sino sentir nostalgia de lo que se tiene? Nostalgia de lo perdido tienen hasta los ingleses, pero nostalgia de lo que aún está ahí, sienten sólo los poetas. No es arrogancia sugerir que mi sentimiento era *poético*, pese a que no busqué metáforas ni imágenes ni hiperbatones ni alegorías para expresarlo. Esa furibunda hazaña se la dejaba en exclusividad a mi joven rival. Lo único que podía decir en ese momento era que la proximidad a Sophie me había dado la sensación de estar vivo. Y esa es la única dosis de cebolla que voy a permitirme.

En mi habitación sonaba el teléfono. Matizado por la melancolía, su campanilla me pareció más estridente que de costumbre. Muchas veces la había dejado sonar con la mano sobre el fono padeciendo la cobardía de mi conducta huidiza e infantil. En este estado de ánimo crepuscular, me pareció atinado cierta dosis de madurez. Respondí.

—¿Raymond?

—Sí.

—Aquí te habla Mollenhauer.

—¡Herbert!

—Te llamo porque es mi deber de colega y amigo anunciarte que tu mujer y tu suegro acaban de tomar el avión para París.

—¿Qué quieren?

—No están de acuerdo en lo que quieren. El barón quiere verte convertido en cadáver y tu mujer en difunto.

—¿Qué hago ahora?

—No sé. Pero como dudo que encuentres textos jurídicos alemanes en Francia me tomé la molestia de rastrear en el código penal los parágrafos pertinentes. Escucha con atención. Te leo del *Strafgesetzbuch*, artículo 182: *Seducción*. 1) Quien seduzca a una menor de dieciséis años para efectuar el acto de dormir juntos será condenado a un año de cárcel o al pago de multa. 2) El proceso se iniciará sólo a pedido del interesado. Los hechos denunciados no serán sujetos a investigación si el hechor se casa con la seducida. 3) Sólo en caso de que el hechor en el momento del delito aún no hubiera cumplido los veinte años, el tribunal podría llegado el caso no aplicar penas según prescribe el reglamento.

—Eres un gran amigo, Herbert.

—A tus órdenes.

Miré la hora en el reloj de oro —otro regalo de mi suegro— y me froté las manos dispuesto a tomar grandes decisiones. Las posibilidades eran muchas, sólo se requería valor para tomar alguna. La primera y más a mano era saltar sin tanto proemio por la ventana y estrellar mi cerebro sobre las baldosas italianas del patio interior, pero esta salida me parecía poco estética y bulliciosa. La alternativa siguiente era mostrar todo mi juego —el que aun era un misterio para mí mismo— e insistir en que acompañaría a Sophie a Londres, y ya que estábamos hablando claro, hasta el fin del mundo.

Descendí hasta el bar a despejar la cabeza con un whisky maltés doble de treinta años. Desde el aeropuerto hasta el *Ritz* mi suegro y Ana tardarían mínimo cuarenta y cinco minutos. Había que ser realista. El primer sorbo de ese elixir me produjo una fulminante lucidez. Había sólo una alternativa: cancelar la cuenta, empacar de inmediato, tomar un taxi al aeropuerto y volar en la misma máquina de *Air France* en la cual mi familia vendría aterrizando. Si el objeto del viaje de ambos era conminarme a que regresara, ya lo habría hecho antes de que me lo pidieran personalmente, y quedaba de maravillas frente a ellos. Mejor aún, al no encontrar a mi mujer en Berlín, sería yo quien los llamaría a París armándoles un escándalo. Aquí venía bien un cliché cortado a la medida de mi suegro: la mejor defensa es el ataque. Bebí el treintón hasta el fondo, jugué con el cubito de hielo aún impregnado de ese manjar tirándolo de una pared a otra de mi boca. Pensé luego que era una lástima no celebrar mi trágica decisión con una nueva dosis del mismo licor en el

mismo vaso pero con otro cubo de hielo. Hice que me lo
vertieran, y vaso en ristre, haciendo sonar el cubo con
ritmo casi brasileño, pulsé el timbre del ascensor. Por
mucho que frente a mi suegro y mi mujer empleara la
técnica del avestruz no podía olvidar mis obligaciones
de médico y de caballero.

Su puerta estaba abierta y a lo ancho del cuarto se
repartían los vestidos de gala, los deportivos, las prendas íntimas, las zapatillas, las joyas, los zapatos, los
libros y artículos de maquillaje. Al oír caer agua, supuse
que estaría en el baño, y fui con ese rumbo cuidando de
no pisar el ajuar derramado sobre el suelo.

Dije su nombre, pero no me oyó bajo la violenta
ducha que rebotaba en su nuca. Era una de esas con
válvulas a presión y ella se entregaba a su impacto con
la cabeza baja y los ojos cerrados. Una sola vez, en el
consultorio, había tenido frente a mí el dorso desnudo
de Sophie. En aquella ocasión me había negado a ver su
cuerpo, optando por prohibirme sentir lo que realmente
sentía. Mis colegas médicos conocen muy bien esta
técnica neutralizadora que aplicamos ante la desnudez
de una paciente que nos atrae. Pero ahora, viéndola
brillar entre esa violenta agua que se iba derramando
sobre su piel hecha de intimidad, alisada por una alta
tensión espiritual, la contemplé sin darme tregua. Intento con estas aproximaciones precisar lo absolutamente
indefinible: el vértigo que produce una emoción profunda. Juro que mi discurso no pretende lijar un cuadro
de *voyeurismo* con vocablos exquisitos, ya que a esta
altura de mi caída, el innoble momento que narro
parece en comparación una travesura de chiquilín. Sólo
aspiro a ser fiel con mis sentimientos pues es mi capital
para afrontar los duros tramos que le restan a mi vida.
"I have memories to show" decía esa balada de mi
adolescencia. ¡Con cuánta distracción y alegría la oía en

la radio de mi *Packard* juvenil rumbo a Nueva York los
fines de semana con tickets en el bolsillo de la camisa
para conciertos de jazz o recitales en el Carnegie Hall!
¡Con qué naturalidad e inocencia telefoneaba desde mi
departamento en la calle 53 a amigas liberales con
maquillajes espesos en los párpados y los labios furio-
sos de escarlata! ¿Quién iba a decirme que en un momento
de mi vida el pasado me fuera a resultar más alentador
que el futuro?

—¡Raymond Papst! ¿Cuántos whiskys tomaste antes
de decidirte a entrar a mi pieza? —dijo, al descubrirme.

Recién noté que me había traído el vaso. Hice cam-
panillear una vez más los cubos, contento de que Sophie
tomara mi permanencia en el baño con tanta naturalidad.

—Solamente dos. Pero de treinta años ambos.

Puso muy cerca la frente de la válvula y dejó que el
chaparrón golpeara con fuerza sus pómulos.

—¿Qué traje te pones para la entrega de premios?

—No me quedaré a la ceremonia, Sophie. He venido
a despedirme.

Me dirigió un manotazo en el aire; ese gesto con que
en Alemania se despacha a quien dice tonterías.

—No puedes irte a ningún lado antes que me den el
trofeo. Ganamos, mi amor.

—"Ganamos, mi amor." Olvidemos la segunda parte
de esta frase y discutamos la primera. *Tú* ganaste, yo
estoy a punto de perder todo, mi pequeña.

—Ganamos *tú* y *yo*. Si no hubieses estado conmigo,
hubiera perdido. Ahora tomaremos el avión para ganar
en Wimbledon.

—Para eso te faltan algunos años. Los tenistas más
precoces han ganado después de los diecisiete.

—Yo seré la excepción. Alcánzame la toalla.

Bebí el resto del licor, puse el vaso en el lavatorio, y

tomé la muelle toalla lila, amplia cual un velamen. Sophie la tomó de una punta, me hizo un gesto pidiendo que la extendiera, y al obedecer ésta quedó tensa entre ambos. Con el chorro sobre sus hombros, comenzó a recoger la toalla hacia sí arrastrándome lentamente en ese juego. Cuando estuve a un par de centímetros de ella, sin darme tiempo a reaccionar, me envolvió en la tela, laceándome, y con un brusco movimiento me atrajo vestido hacia su cuerpo desnudo en la ducha empapándome instantáneamente de las cejas a la camisa. Aunque luché por desprenderme, las carcajadas de Sophie parecían darle un nuevo vigor, pues me retuvo prisionero en la toalla. Hubo un instante en que no pude resistir más y simplemente dejé caer los brazos y con paciente ira permití que el agua hiciera su labor filtrándose por mis pantalones, calcetines, zapatos. Ese fue el momento en que ella desprendió con un gesto teatral la toalla que me aprisionaba y disfrutando de verme chorrear como en una comedia de matinée de cine de barrio de los años treinta se apoyó contra los azulejos de la cámara y se tapó la boca para ocultar su gesto falsamente culpable. La miré severo y salí de su cuarto.

A mis espaldas iba dejando una estela de líquido que me hacía evocar los filmes en que los criminales heridos a bala se van desangrando para ir a morir en los brazos de la amada. Hasta los gélidos mozos del Ritz, adiestrados en las artes de la inmutabilidad, no podían dejar de darse vuelta a mi paso y observar con estupor las huellas líquidas del delito sobre las alfombras.

Un hondo alivio experimenté al llegar a la puerta de mi habitación sin que nadie hubiera detenido mi marcha para mandarme por expreso al manicomio. Hundí la mano en el bolsillo y la llave del cuarto la encontré náufraga en una charca. Ya que estaba evocando filmes de los *treinta,* una *gag* inexcusable hubiera sido sacar junto a la llave una sardina. El poco de sentido de humor que me restaba se vio pulverizado por una nueva inquietud. Al hacer girar la llave en la cerradura, me di cuenta de que la puerta estaba sin cerrojo. La abrí, y creo que el espectáculo que se ofrecía a mi vista debió haberme originado la pérdida del equilibrio. Sólo los años de Boston deben haberme permitido mantener la fachada mientras que en mi interior todo se derrumbaba con crujidos y estruendo. Majestuoso y señorial, apoyando una mano sobre el sillón de seda bordada con motivos de *l'age de la raison,* y la otra encima de la empuñadura de su bastón de *guerra,* una creación de Cartier, donde la serpiente de Epidauro, símbolo de la medicina, se enrolla alrededor de un oro labrado con la forma de una mandrágora, estaba mi suegro.

Sentada en el marco de la misma ventana que la noche anterior había sido trizada por los fogonazos compulsivos de Sophie, y con rostro que desmentía la habitual altura de miras con que perdonaba mis estupideces, estaba Ana, ceñida en un traje sastre de tweed muy ejecutivo, y balanceando su cartera de áspero cuero cual el péndulo de un reloj que se aproxima a la hora fatal.

Contrito, bajé un poco la cabeza y elevé los ojos.

—El tribunal reunido en pleno —dije.

Al no tener ni la más mínima sonrisa de réplica, opté por dejar que la lengua comenzara a hablar antes que el pensamiento. Es el método de Boston para desplazar la atención de los rivales del cuerpo del delito a las fanfarrias verbales.

—Buenos días, Ana. Buenos días, suegro.

Mi mujer indicó con la barbilla hacia el lecho.

—Ya empaqué tu maleta. Volamos ahora mismo de vuelta a Berlín.

En efecto, la valija había sido pulcramente cerrada y sobre ella yacían mi impermeable y el poemario de Milosz. Las puertas de los armarios, abiertas de par en par, mostraban sus compartimientos vacíos. Devastados por el huracán Ana.

Mi suegro carraspeó para anunciarse. Señal de que hablaría la voz de la experiencia y que quería despejar el camino de cotorreos menores.

—Raymond —llamó—. ¿Te sientes bien?

Me parecí perfectamente ingenuo cuando lo miré con los ojos llenos de asombro.

—¿Yo? ¡Formidable, barón!

—¿Te das cuenta que estás empapado desde el pelo hasta los calcetines y que chorreas agua como un grifo?

Miré la punta de mis calzados, luego doblé un pie, y observé un par de segundos sus talones.

—Curioso —dije.

Antes de decir su frase siguiente, Ana miró hacia el exterior donde se expandía un día perfectamente azul, cual si ese cielo no hubiese conocido nunca una nube.

—¿Cómo fue que te mojaste? —preguntó.

Sacudí la cabeza para ahuyentar algunas gotas que caían desde las pestañas en mis retinas, y sin mirarla, apretando la llave en el puño, dije:

—Estaba sobre *Le Pont des Arts* contemplando las turbias aguas del Sena y pensando en todo el mal que les he hecho a ambos. De pronto, abominando de mis actos, me pareció de toda justicia suicidarme.

A esas alturas hubiera dado todo por una sonrisita de mi mundano suegro o por un guiño de esos maravillosos relámpagos verdes de Ana. Pero ambos se quedaron en silencio fúnebre, sin que aflojaran un ápice la expresión cítrica de sus rostros. Proseguí con mucho menos brío: —Una vez en el Sena, pensé en el escándalo que sería para usted, barón, ver mi foto de suicida en el *Bild Zeitung* de Berlín y animado por esa consideración nadé hacia la orilla y me puse a salvo.

—¡Raymond! —dijo el barón, agrio.

—Ya sé, suegro. Mi última esperanza es que en ese bastón esconda una estaca con la que me perfore. Como médico le recomiendo que ataque el páncreas, así el daño será irreparable.

—¡Ana, te espero abajo en el coche!

Se marchó haciendo una pirueta con el bastón, sin concederme ni la piedad de una mirada. Ana había descruzado sus piernas y se acariciaba la barbilla.

—¿Tienes al menos conciencia de que tu conducta es rara, que no es normal?

Vista a los zapatos.

—No hay persona en el mundo que no haya intentado suicidarse un par de veces. Es totalmente normal.

Vino hacia mí y tomando con ternura mi barbilla me hizo levantar la mirada hacia sus ojos.

—Ahora vamos a hablar en serio. ¿Qué te pasa?

En la inteligencia de su expresión, en la dulzura de su gesto, en la belleza de sus rasgos, en la elegancia de sus movimientos, comprendí que la verdad que tenía que decir en homenaje y respeto a su maravillosa persona era un desatino.

—Estoy enamorado de Sophie Mass.

De muy buen ánimo pasó un cariñoso dedo por el tabique de mi nariz y le dio un golpecito con la uña al llegar al extremo más carnoso.

—Tú confundes el amor con la admiración. Yo tengo todavía en mi estudio una foto de Robert Redford. Ponte algo seco y volvamos a Berlín.

Apretó la cerradura metálica de la valija y la tapa se abrió de inmediato.

—¿Y qué hago en Berlín?

—Lo mismo de siempre.

—Ah, no. Cámbiame la receta. Por una vez en la vida tengo que sacarme el *smoking* y dejar que fluyan mis sentimientos. La vida es otra cosa, no la felicidad que tenemos.

Con este texto mío, Ana cogió su cartera de la ventana, y se la colgó del hombro con un gesto definitorio.

—Si me permites recordarte que soy abogado, te puedo afirmar con conocimiento de causa que la seducción de menores es penada con cárcel en todos los países civilizados. ¡Incluso en Francia!

—¿Qué hago?

—Me imagino que aclarar tu mente. Pero yo no estoy dispuesta a padecer el ridículo espectáculo de ver cómo te pasas en limpio. Si no bajas al auto para regresar a Berlín, no vale la pena que más tarde lo intentes. Adiós, Raymond.

Raymond Papst, me dije, si no te subes en un minuto a la *limousine* de tu suegro, aunque sea mojado cual náufrago, en virtud de todos estos razonamientos irrefutables, puedes concederte el título de Gran Cretino. Tarareé la canción que París había reflotado de mi memoria: *vers quelle neant glissera ma vie.*

Sonó el teléfono.

—¿Raymond? ¡Soy Sophie!

Como una prueba irrefutable de que ya comenzaba a ejercer el título con que acababa de habilitarme, en vez de dejar fluir hacia mi lengua toda una masa verbal que la princesa debiera oír de una buena vez, dije distante y *polite*:

—¡Díme!

—Quiero avisarte que el auto con tu mujer y tu suegro acaba de irse.

—Gracias por la información.

—¿Raymond?

—Díme.

—Quiero agradecerte todo lo que has hecho por mí.

Haber dicho "de nada" era una píldora demasiado amarga para recetármela. Simplemente puse el fono en su horqueta y luego acaricié su blanco lomo cual si quisiera borrar las huellas digitales de un delincuente. El cuarto me pareció de pronto más amplio y vacío. ¿Con qué contaba ahora? Con lo que el febril Pablo Braganza me había pronosticado: con nada. Nada, *niente*, *nichts*, *nothing*, nada de nada, *rien de rien*. Me desvestí como proponiéndome una coreografía para mi situación existencial y volví a recorrer el cuarto, repitiendo los mismos argumentos y autorreproches de siempre sin que nada aclarara mi mente, pero con una angustia que me secaba la garganta.

Un minuto más de soledad y venía el infarto. *Ergo*: smoking suegro, mariposa Harvard, zapato italiano, colleras Ana, doble maltés treinta años, y partida a la ceremonia de entrega de premios.

Las cámaras de televisión y los fotógrafos coparon el espacio entre la primera fila y el proscenio y no me fue posible percibir los detalles de la ceremonia. Con la calma que da la certeza de pertenecer al círculo íntimo de una estrella, me hundí en la butaca mientras todo el mundo se empinaba sobre la punta de los pies tratando de captar algo. Allí, en medio del alboroto, me pregunté cuánto tiempo podría Sophie vivir sin deteriorarse, sin convertirse en una máquina de raquetazos, copas, cheques y *fans*. ¿Qué motivaba en mí este matiz de ajenjo? No una cobarde actitud paternal, sino algo que se desprendía de Sophie Mass misma, y que pudiera definirse como *un toque de ausencia*.

En ese "toque de ausencia", cualquiera sea lo que quiero decir con eso, me sentía cómplice de ella. Era un terreno común que yo deseaba explorar con la intuición de que encontraría verdad, belleza, excitación, revelaciones. No se me confundía la mente al extremo de no admitir que el haber puesto todo en juego por algo tan inasible cual un *toque de ausencia* era un total desatino. Pero sólo por esa sensación, todos los riesgos con Sophie se justificaban. Eso pequeñito que ella me daba era la sinopsis de algo glorioso; pero ese fragmento que me contactaba con un hipotético todo era a la vez autosuficiente. No *podía* dejar a Sophie.

Enredado en esos raciocinios, cerré los ojos envolviéndome en los murmullos del triunfo, los *clicks* de las cámaras, los gritos de los fotógrafos pidiendo otra pose, las risas lejanas respondiendo a bromas viperinas, la orquesta que ya afinaba para largarse en cualquier momento. Por eso no vi cuando Sophie llegó a mi lado. Otras veces me había distinguido con su presencia cuando todo el mundo la requería, y había pasado horas junto a mí sin que intercambiáramos grandes palabras, ambos un poco perdidos en los umbrales de lo indefinible. Pero que viniese ahora, y que yo despertara al impulso de su voz para asistir a la presencia de su imagen casi irreal con el trofeo de plata en la mano derecha, una montaña de flores multicolores en la izquierda y las mejillas sublevadas con un violento escarlata, era un honor que me dejó sin aliento. Me puse de pie con la misma destreza de un boxeador al que ya la han contado diez en la lona y traté de retener para los años de mi vejez ese cuadro que me servirá de consuelo ante la muerte: Sophie reina, princesa, corona, laurel, ángel, éxtasis, *ante* mí, *para* mí.

Entonces la chica hizo lo espontáneo, lo inusitado, aquello que unos llaman impulso, y que aquí simplemente fue locura: arrojó ostentosamente esa orgía de flores al cielo, cual una novia que ofrenda su *bouquet* a las damas de compañía, y con el brazo libre me envolvió hasta tomar mi nuca en su mano, y con un vigor que no pude resistir, hizo que acercara mi boca a sus labios y me besó largamente ante un público que percibió el carácter escandaloso de ese acto y el tono apoteósico que esa nimiedad le daba a la clausura del torneo.

Al apartar su lengua de mi boca, me miró con tan solemne profundidad que el reproche que normalmente debía emitir me pareció vergonzosamente cobarde. Sabiendo que estaba en las vísperas del derrumbe, y que esto era casi con certeza el colofón de oro que Sophie ponía a nuestro trato, le sostuve la mirada con esa misma dignidad, el mismo silencio. En ese instante creí, repito *creí*, que estábamos ambos en el núcleo de ese *toque de ausencia*, y que nos podrían bajar el telón en ese minuto de plenitud.

Era inevitable que la condesa von Mass viniera y me conminara con un gesto a seguirla mientras los fotógrafos, sorprendidos por el beso, le suplicaban a Sophie que lo repitiera y el resto de los periodistas mostraban un oportunista interés en mí. No hice caso de sus preguntas y seguí a la condesa hacia el parque que rodeaba el local, mientras ella iba dispersando a los curiosos con frases tajantes. Durante algunos minutos no supe dónde me conducía, y presumo que ella tampoco sabía por dónde empezar. Al llegar a una fuente donde angelotes orinaban bajo la prominencia de sus vientres, Diana se detuvo, y sin dedicarme ni la sombra de una mirada, dijo:

—Sophie tiene una inteligencia y un talento que uno no se explica cómo caben en ese cuerpo.

—Exactamente —coincidí.

—Y entonces uno comienza a pensar qué otra cosa podría caber en ese cuerpo, ¿verdad?

Con ira golpeé las palmas sin que me importara un comino que los curiosos se asomaran. Yo, que había sido una *prima ballerina* de delicadeza sobre la cuerda floja, recibía como en una farsa de los Marx Brothers un tortazo en el rostro de ese tamaño.

—¡Bravo, madame! —le susurré, mordiéndome los dientes—. Como último diálogo que tendremos en nuestra vida, me parece brillante y consecuente. El toque de vulgaridad le da a mi padecimiento cierta vitalidad de la que carecía hasta el momento la comedia en la que usted me enredó. Le deseo éxito en Wimbledon.

Me fui con tranco firme y sostenido, y al cabo de dos minutos experimenté una urgencia por trotar, de modo que crucé el parque entre profesionales del *jogging* que contemplaron estupefactos cómo alguien ejercía este ritual en smoking y calzados de charol.

La valija estaba dispuesta sobre el lecho, tal cual la había dejado Ana. Bastaría devolver a su espacio el *smoking*, hacer un bulto con la ropa sucia, insertar el vanamente celestino libro de Milosz junto a la mariposa de Harvard y emprender la fuga cuanto antes. Al arrancarme el saco del *smoking* percibí en su hombrera el aroma de Sophie.

Ella no usaba perfume, y sin embargo su extrema

juventud emanaba cierta inconfundible fragancia. Admito
que me recosté en el lecho, a oscuras, abrazado a la
chaqueta, la boca hundida en su tela, poseído por una
melancolía como sólo la conocía de novelones románti-
cos. Las manifestaciones de dolor siempre me causaron
vergüenza. Me espanta la idea de que un día sufra un
accidente grave y alguien asista a mis quejas o a mi
muerte. Nada contra la muerte en sí, pero mucho contra
la ridiculez de morirse. Los embates del cuerpo son
horrorosos, y sólo en los films de Hollywood se muere
con dignidad. Mi profesión me ha deparado en alguna
ocasión la angustia de la agonía, y debo confesar que me
asalta ante cada una de ellas un dolor más hondo que lo
que es prudente sentir. Un vestigio de ese tormento me
entretenía ahora, y me faltaba el ingenio para ignorarlo.
Las desdichas de amor durante la adolescencia las compensaba con dosis de autoironía y anticipadas visiones
de otros amores en celaje que mitigarían esta herida.
Pero esta noche no. Ni una fantasía era más fuerte que
la angustia. Me dispuse a agonizar en esa habitación, y
si la madrugada me encontraba vivo —cosa que en ese
desconcierto dudaba— reuniría mis restos mortales y
me sumergiría en el vuelo de las siete de la mañana con
Air France para entregar contrito mi oreja a Ana y al
barón. Cometí la incalificable debilidad de sentir compasión por mí mismo, por la cobardía de terminar así un
amor iniciado y probablemente correspondido. ¡Qué
manera de pavimentar el camino de la madurez! En
pocos años me consumiría el resentimiento y llevaría a
la perfección la vida gastada hasta entonces, es decir,
sería un erudito en el arte de no vivir. Toda mi trayec-
toria era un remedo de vida, *an imitation of life*, y no me
quedaba otra que hundirme en esa falsificación hasta
que me echaran las consabidas paladas de tierra sobre
mi tumba. Por cierto que había amado a Ana, y de

alguna manera que no quiero someter a la prueba del juicio, la seguía queriendo. Es sólo que la experiencia de Sophie —de la sinopsis de Sophie, de la promesa de Sophie, de la condena de Sophie, de la frustración de Sophie, del enigma de Sophie, del todo inalcanzable fagocitante de Sophie— era un violento desorden que rompía los cauces de los sentimientos y conceptos con que creía ordenar mi rutina.

En ese momento Sophie Mass entró a mi pieza.

Recuerdo cada detalle de nuestro diálogo y de esa noche cual si Dios me hubiera concedido la gracia de la memoria total. En las imágenes que rescato del olvido convocándolas muchas veces al día, percibo tanto la atmósfera de esos minutos como los más insignificantes matices: un parpadeo de ella, el grosor de una lágrima a punto de desequilibrarle un párpado, la punta de su uña señalando hacia su seno, el tirante de seda de su blusa blanca un centímetro caído sobre el antebrazo.

Vino lentamente hacia la cama y se sentó a mi cabecera con el aplomo de quien visita a un enfermo una tarde de domingo en un caluroso hospital de provincia.

—¿Así que te vas, Raymond Papst? —dijo tan bajo, que si no hubiera estado en esa hipertensión sensorial, no habría podido oírla. Creí prudente no hacer ningún comentario—. ¿Por qué te vas?

Pasé la mano sobre mi mejilla experimentando el alivio de tener esa barba áspera de pocas horas sobre la cual descargar una y otra vez mis nervios.

—Raymond, ¿por qué no respondes?

Había tantas razones para darle. Sólo que cada palabra me parecía caduca antes de pronunciarla. El *film* ya había terminado.

—¿Por qué no me miras?

- ¿A qué has venido? —dije, ronco.

—Quería agradecerte todo lo que has hecho por mí.

—Está bien.

—Te pido perdón por todo lo que te hice.

—¿A qué te refieres?

—El beso ante todo el mundo.

—¿Algo más?

—Algo más, Raymond.

—Dílo.

—El poema de Milosz.

—¿Qué hay con él?

—No era mentira.

—¿Qué quieres decir?

Adelantó lentamente su mano derecha y puso el borde de sus uñas sobre mi labio superior.

—Quiero dormir contigo.

Levanté un poco la mandíbula de modo que sus dedos se posaran ahora en mi labio inferior. Con un vestigio de mi lengua humedecí devotamente las yemas de sus dedos.

—¿Raymond?

—No.

—¿Quién lo sabría?

—*Yo* lo sabría y eso basta. Tengo cincuenta y dos años, Sophie. Y a esta edad uno se hace responsable por lo que hace. O por lo que deja de hacer —concluí sin ánimo.

—Y yo tengo dieciséis.

—Quince.

—En un mes cumplo dieciséis. No puedes pedirme a

mis años que comparta tu sentido de responsabilidad. No puedo dejar que me caiga encima la lápida antes que comience a vivir. "Al aire vuestras faldas, muchachas tristes" —susurró.

En ese instante tomé su dedo índice y lo mordí muy suave. Me había conmovido la gravedad con que había discutido su edad, tan típica de los niños para quienes cada año más es un trofeo. ¿O se daba cuenta de que desde el punto de vista penal entre los quince y los dieciséis mediaba un abismo? "John Crowe Ransom" pensé.

—No tienes compasión, muchacha —dije.

Detesto revelar que estaba emocionado. Mis ojos se habían humedecido y Sophie lo supo al recorrer con sus dedos mis párpados. Sin afán de mitigar mi responsabilidad, tengo que expresar esta paradoja: cuando sus labios reemplazaron sus dedos sobre mi frente, sentí que los roles se invertían: *ella* era la sabia artesana que me devolvía la paz insuflándome su aliento y recorriendo mi mejilla hirsuta con su lengua. *Ella* era la mujer experta, y yo el niño pacificado, en su angustia por su ternura. No se me escapa —ni se le escapó al freudianísimo amigo Mollenhauer— que en esta descripción voy poco a poco descargando mi adultez en un galopante ritmo regresivo que me permita alcanzar la total inocencia. Visto fríamente, *puede* ser así. Vivido en la realidad, *era* así: me había vuelto adolescente a medida que Sophie besaba sin prisa mi pecho, al vaivén de su dulce nariz circulando entre los pelos de mi pecho, al tacto de su barbilla merodeando mi ombligo, al calor de su lengua que cada vez insinuaba atravesar la frontera de mi cintura.

En ese momento, el último reducto de mi responsabilidad me hizo alzar una mano y frenar el rumbo de sus labios poniéndola rotundamente cual obstáculo frente a

su boca. Pero al instante me dejé fascinar por el tranquilo vigor con que ella apartó mis dedos, los hizo
reposar sobre la sábana, y prosiguió su ruta hasta
alcanzar la meta sumergiéndome en un desmayo de
placer. No tuve más palabras para detenerla cuando
untó la cabeza de mi sexo con su saliva e inclinándose
sobre él apartó con sus pequeños dedos la piel que lo
cubría para exponer a su lengua mi carne.

Temeroso de que ese éxtasis acunado ya en distintas
ciudades y en noches y días de insomnio estallara
brutalmente en la boca de la muchacha, aparté su
quijada, y traje sus labios hasta mi boca y los besé con
recogimiento adivinando en ellos el gusto de mi piel.
La puse de espaldas, su cabello castaño derramado
encima del almohadón y la punta de su lengua traviesa
asomándose por la apertura de los dientes sobre los
labios que me parecían henchidos de excitación. En
cuanto la chica comprendió que me subiría sobre ella
para penetrarla, pareció ser sacudida por un imprevisto
pánico. Se cubrió su sexo con la mano y giró el cuello,
evitando el beso con que yo avanzaba hacia su boca.
Hice el esfuerzo de alzar la mano de su vientre, imagi-
nándome que era sólo una estratagema para henchir mi
delicia, pero ella contrajo los muslos protegiéndose.
Pese a que quería penetrarla, y que ansiaba un contacto
aun más íntimo, opté por no hacer nada imprudente,
por no emplear la fuerza.

Abrí los botones de su blusa de seda blanca y deslicé
mis dedos sobre sus pequeñas tetas mareado por el
placer de sentirlas plenas, abultadas de sexo y juventud.

Tomé su mano y la puse con decisión sobre mi sexo.
Busqué sus ojos para pedirle de modo imperioso que
cediera. Ella lo acarició a lo largo de su superficie, puso
la misma mano delante de su nariz y aspiró concen-
tradamente su olor.

Recién entonces respondió a mi mirada.

—Lo quiero, Sophie —dije.

—¿Qué?

—No me hagas decir palabras ridículas. Todas las palabras vinculadas al amor son ridículas.

Sophie saltó del lecho, de pie sobre la alfombra desprendió la falda, que se derrumbó plácida a sus pies, y hundiendo las uñas en el elástico de su slip, lo desenredó de sus piernas, y en dos precisos movimientos lo arrojó sobre el tapiz. Luego, retrocedió de espaldas hacia el muro, se derrumbó sobre él, la cabeza muy cerca del interruptor de la luz, combó su vientre y expandiendo su brazo suplicó que me acercara a ella. Vacilé entre la cólera y la excitación. Me viví tan hondamente humillado y al mismo tiempo tan febril, que preferí seguir las señales infalibles del cuerpo, y fui hacia ella con el claro propósito de entrarle. Desde que el mundo existe, eso ha sido *dormir con alguien,* y eso es lo que la muchacha me había propuesto, cuando me dijo *quiero dormir contigo* y no estaba dispuesto a desconcertarme en los *zigzags* de posibles eufemismos. Presioné rudamente con mi sexo contra su pubis, sólo para obtener de recompensa la única que era capaz de mandarme expreso al reino de la angustia: puso ambas manos sobre mi cabello y las presionó en una clara señal de que le gustaría que me arrodillara. ¿Quién fue el que dijo que en la historia todo se repite, primero como tragedia y luego como farsa?

Henchido de humillación hundí mi lengua en su vagina.

A medida que el guión se iba cumpliendo según las presuntas efusiones líricas españolas —que ahora contrastadas con la realidad se las podría tomar como ejercicios de realismo naturalista— y que el cuerpo de Sophie, ayudado por una concentración absoluta sobre su más íntima piel a la cual le tributaba el preciso vaivén que la dejaba más expuesta, se acercaba al clímax, un arrebato de dignidad frenó mi boca. Estaba obrando cual una marioneta, como si un consueta o un ángel rubicundo de ojos entrecerrados por el morbo me dictara cada avance. ¿Era preciso culminar esta doblona con todas las de la ley, con clarines, trompetas, timbales, juegos de luces, aerolitos consumiéndose en el espacio, cuatrocientos elefantes a la orilla de la mar, fuentes de la doncella?

Suspendí mis acciones cuando ella estaba a punto de iniciar el despegue, y apartándome del consabido guión, alcé a la pequeña Sophie de las nalgas, la puse en un operativo relámpago de vuelta en la buena y tradicional cama, y antes de que reiniciase los vericuetos de su defensa, me introduje en ella sin escatimar tosquedad. Si la voluntad nubló mi juicio, si el desatino me hizo ciego y sordo a su dolor, el éxtasis me sumergió en la percepción excluyente de mi dicha.

—¡Doctor Papst!

El obeso hombre de impermeable estaba junto a mi lecho, un cigarro sin encender en la boca, la cámara colgando sobre su pecho, y una sonrisa melosa de punta a punta de sus labios. A mi lado dormía Sophie, un brazo bajo la almohada, cubierta sólo hasta la cintura. Con un gesto brusco le tapé los senos.

—¿Quién es usted?

—Alain Bracourt, periodista.

—¿Qué hace en mi pieza?

—Fotos.

—¿Quién le dio autorización para entrar?

—Mi inspiración.

Desvergonzadamente caminó hacia el ventanal para correr la espesa cortina y exponer nuestros cuerpos a la dorada luz de la mañana.

Cogí el teléfono teatralmente, pero el fotógrafo permaneció impávido.

—Llamaré a la policía. Lo que usted hace es una frescura y un delito.

Con mis improperios Sophie despertó, y brumosa miró casi sonriendo al hombrón, quien le disparó más de diez veces en seguidilla.

Un regalo de Navidad, para Bracourt. Marqué el número de la recepción. Bracourt vino hacia mí y puso imponente su gordo pulgar sobre la horqueta interrumpiendo la comunicación.

—Si de delitos se trata, yo arriesgo una multa. Usted por lo menos un año de cárcel.

—Ahórrese la insolencia. Sophie y yo vamos a casarnos.

Bracourt desprendió su cigarrillo sin encender de la comisura del labio izquierdo e hizo un movimiento de que lo aliviaba de una ceniza imaginaria golpeándolo burlón a la altura de sus ojos.

—Felicitaciones. Una noticia que tranquilizará la moral de nuestros lectores. Pero hasta que la boda no se *ejecute* —perdonando el término tan policial— estamos ante un escándalo que interesará más allá de las fronteras de Francia.

—¿Qué pasa, Raymond? —preguntó Sophie bostezando.

—Cúbrete, por favor —le grité.

No me animaba a buscar los pantalones pues temía

que Bracourt registrara mis partes más privadas. Debía permanecer en la cama, cual si ésta fuera una celda.

—Si comprendo bien sus intenciones, señor, estamos ante un chantaje, ¿cierto?

Bracourt lanzó un despreocupado manotazo en el aire.

—Tiene la apariencia de chantaje, pero no lo es —dijo, sentándose muy fresco en el borde del frágil sillón rococó del *Ritz*, con la apariencia de tener toda la calma del mundo—. El chantaje funcionaba antes porque era mucho más lucrativo extorsionar a una persona que publicar la foto en un periódico. Hoy, con la multiplicación de los medios de comunicación, uno entrega el material interesante a una agencia y obtiene casi tanto como en una operación de chantaje sin los riesgos policiales que éste implica. El material se multiplica en muchos órganos de prensa de varios países, en la televisión, etcétera. Y el método para hacerse pagar bien es irle dando rienda de a poco a la noticia. Una parte del material ve primero la luz pública. Si la noticia prende, todos los órganos vienen a uno con ofertas interesantes por comprar el resto de la documentación. ¿Me entiende, doctor Papst?

Miré desolado a Sophie, quien me sonrió con inocencia, y luego al fotógrafo.

—¡Entonces estamos jodidos!

Bracourt lanzó una carcajada proporcional al tamaño de su cuerpo y se golpeó vigorosamente los muslos cual si celebrara la gracia de un escolar.

—¿Jodido, usted, doctor Papst? ¿Y dice eso en los brazos de esa *princesa*? ¿Una señorita con la cual medio mundo quisiera tener la intimidad que le brinda a usted? ¡Usted no está jodido, profesor! ¡Usted está en la cima de la gloria, en el tope de la fama, en el estrellato! Y mis modestas fotos sólo van a contribuir a su carrera.

El jodido soy yo, doctor Papst, haciendo este oficio miserable por unos pocos francos y con la salud deterio-rada.

—¿Qué le pasa, hombre? —dije repentinamente profesional, a ver si por el lado de la ciencia ablandaba su corazón.

—La presión y el sobrepeso doctor.

—¿Cuánto pesa?

—No bajo de 120.

—Y la presión.

—No baja de 140.

—¡Pero eso está muy bien!

—No baja de 140 *la mínima*, doctor.

—¡No me diga, por favor a cuánto tiene la alta!

—Con todo gusto, no me gusta deprimirme de mañana.

—¿Toma tabletas?

—Medio frasco de *Beloc* por día.

—¿Y?

—Bueno, eso es lo que hace que la presión no se me escape más para arriba, dice mi médico.

Se puso de pie y agitó durante un minuto con aspecto filosófico el cuello.

—¡Gran carrera la suya, doctor Papst! Su historia interesará mucho más allá de las provincianas fronteras de París. ¿Usted es norteamericano, verdad?

—Bostoniano.

—Allá el dinero sí que vale. Aquí el franco sólo sirve para jugar *Metrópoli*.

Lo miré inquisitivo a ver si detrás de las apariencias quería jugar aún la carta del chantaje.

—¿Cuánto? —dije, cauteloso.

El hombre cerró el estuche de cuero de su aparato, casi con tristeza.

—No me ofenda, por favor.

—¿Qué quiera que haga? Pese a todos sus argumen-

tos tan favorables, la publicación de esta historia nos
hunde.

—¿Por qué, Raymond? —preguntó Sophie.

—No lo puedo discutir ahora delante de este sujeto.

Bracourt se sacó el cigarrillo sin encender de la boca,
vino hasta el cenicero y lo aplastó cual si acabara de
fumárselo.

—El médico me prohibió terminantemente el tabaco.
Ahora fumo así, nada más que de teatrito —dijo
melancólico.

—Le advierto una cosa, señor Bracourt. Si usted llega
a publicar una de esas fotos, le voy a meter en juicio por
tal cantidad de dinero que cuando reciba la notificación
el corazón se le va a reventar como una granada.

—¡Ajá! ¿Esa es su ética profesional, doctor? ¿Infartar
a sus pacientes?

—Usted no es un paciente mío, señor. ¡Usted es un
criminal!

—Quién de los dos es el criminal, es algo que decidirá
la justicia.

—¿Es o no un crimen meterse en la pieza de alguien
y tomar fotos sin su consentimiento?

—En principio, sí. Pero en la práctica, los jueces de
Francia hacen la vista gorda cuando se trata de personas
públicas. Por ejemplo, en un enfrentamiento ante la
corte, éstos tendrían que considerar en mi caso los
atenuantes.

—¿Qué atenuantes?

—Que no había voluntad de ustedes dos en mantener
su historia de amor oculta. El beso en la boca que le dio
la señorita ante medio mundo anoche destapó la noticia. Nadie los obligó a besuquearse en público, ¿no?

Y contundente extrajo un ejemplar de *France Soir* del
bolsillo y desplegó los titulares. Había dos fotos tamaño
holandesa. Una del trofeo, en un sospechoso arreglo

floral, y otra del beso histórico donde se ve en primerísimo plano la consternación de la condesa von Mass.

—Disculpe los inconvenientes, doctor Papst, pero he hecho carrera como periodista, siendo fiel a mi lema: "No se hace mayonesa sin romper huevos". *Good bye*, *sir. Aufwiedersehen, Fraulein.*

—*Aufwiedersehen* —contestó Sophie con esas sonrisas que le salían del alma.

Estaba a punto de suspirar hondo, a ver si así conseguía librar mis músculos agarrotados, cuando por la misma puerta por la que había salido el periodista Alain Bracourt entró la condesa Diana von Mass. Como dijo Willie Shakespeare, *when problems come they are not single soldiers, but batallons.**

—¡Doctor Papst!

Como si esta exclamación contuviera una clave secreta, Sophie se desprendió de la sábana que la cubría a medias y exhibió la plenitud de su cuerpo en una especie de bofetada a la madre. La condesa se inclinó sobre la alfombra, prendió el vestido y lo arrojó sobre el torso de la hija.

—Vete a tu pieza —ordenó.

—Mamá, Raymond y yo...

—Vete a tu pieza —repitió ella seca.

—Vete a tu pieza —dije yo.

La chica se echó encima el traje, prendió los zapatos rumbo a la puerta, y ya en el umbral me tiró un beso untando dos dedos apretados sobre sus labios.

Diana von Mass fue hasta el ventanal y apretó con fuerza la cortina cual si estrujara una toalla. En seguida giró su cuerpo y me enfrentó con una voz tan enhiesta como su pose.

---

* "Cuando los problemas llegan, no vienen como soldados aislados sino en batallones."

—¿A ver qué me dice ahora, doctor Papst?

—*Buenos días, suegra* —probé el terreno con una sonrisa golfa.

—El asunto es muy grave para echarlo a la chacota.

Indiqué mi cuerpo impúdico apenas cubierto por la sábana y alcé los brazos acongojado:

—¿Qué quiere que haga? Desde hace una hora entra todo tipo de gente a esta habitación sin permiso y no me han dado ni siquiera la chance de vestirme. Me siento ridículo así desnudo como en una farsa italiana.

La condesa me dio la espalda con un movimiento soberbio.

—Vístase, hombre.

Cogí las prendas y me enfundé en ellas con la mayor prisa. Tras ponerme los calcetines, decidí demorar atar los cordones de los zapatos pues intuía que necesitaría algo con que llenar los silencios fatales que vendrían. La condesa se dio a caminar con paso resuelto, de fiera, de un extremo a otro de la habitación.

—Usted sabe que toda la vida me ha apenado haber tenido una hija sin haber contraído matrimonio.

—Lo sé, condesa.

—Supongo que sus intenciones son casarse con Sophie.

—Exactamente.

—¿No habrá pasado por alto el pequeño detalle que usted *ya está* casado?

—¡Qué contratiempo!

—Y aunque no estuviera casado: Sophie es menor de edad y ningún juez querrá casarla.

—Nos llueve sobre mojado.

—Y por último no ignorará que debe mantener a su futura esposa. En esta familia hace falta un hombre, ¡pero no un *cafiche*!

—Muchas madres estarían felices de tener un yerno médico.

—Pero su consultorio está en Berlín y allá tiene su dominio el barón von Bamberg, quien según he oído, ha contratado un pistolero colombiano para asesinarlo. Sería lamentable que mi hija antes de alcanzar la mayoría de edad enviudara.

—Soy norteamericano. Le ofrezco Estados Unidos como alternativa.

La condesa aceleró aun más el ritmo de sus desplazamientos.

—No, gracias. Así como van las cosas tengo terror de que el próximo presidente sea Jerry Lewis.

Dicha esta frase se detuvo y durante un par de minutos procedió a acariciarse la barbilla con los ojos fijos en una nube inmóvil en el cielo plácido. De pronto golpeó las palmas de sus manos, se vino hasta el sillón rococó que antes había maltratado Bracourt, y cruzándose de piernas, levantó un dedo apodíctico y me apuntó.

—¡Escúcheme bien, doctor Papst! ¡Lo mejor es que usted no se case con Sophie!

A estas alturas había atado y desatado quince veces mis zapatos. Interrumpí la operación para estudiar la expresión de Diana tras esa frase.

—Condesa —dije—, usted es la primera madre del mundo que propicia el adulterio para una hija.

—Tenemos que ser prácticos. Conozco a mi hija y sé que lo arrojará a usted más temprano que tarde desangrado cual un vulgar cartón de *Ketchup*. Lo que importa ahora es que gane en Wimbledon, y al parecer usted le proporciona el estímulo erótico para rendir en la cancha.

—¡Usted se olvida de otro pequeño inconveniente! ¡Yo amo a Sophie!

—Déjese de bobadas, doctorcito. Una superestrella como ella no puede repartirse entre la cama y el tenis.

—¿Y entonces?

—Tras cada trofeo, con su cheque adjunto, una noche de amor.

—¡Pero eso es comercio!

—Llámelo como quiera.

Ahora me puse de pie y golpeé con un puño la palma de mi mano.

—¡Hay otro detalle que usted olvida, señora!

—¿A saber?

—Que Sophie me ama.

En sus labios asomó una sonrisa irónica pero la reprimió para preguntarme con la velocidad de una ametralladora:

—¿A usted y cuántos más?

—¡Dios mío! ¿Qué imagen tiene usted de su hija?

Diana se levantó y tras tomar mis muñecas con fuerza me miró echando fuego por las pupilas.

—Mire, doctor. Mi hija y yo somos seres libres. Estamos ligadas por un cordón umbilical que no lo cortan ni con la guillotina. Hemos disfrutado del deporte, de las pensiones pobres y sin carbón en invierno, cuando ninguna de las dos éramos nadie. Hemos disfrutado de discretos jeans y trajes de raso cuando tuvimos hambre y ahora gozamos de la ropa de los mejores modistos franceses. Pero por dentro ninguna de las dos ha cambiado. Queremos ser libres desde la boca hasta los huesos. Los hombres son anécdotas. Algo que no cumple ninguna función en nuestras vidas y que cuando se nos inflama lo podemos sacar de nuestros cuerpos como un vulgar apéndice. Siendo usted médico, entenderá por lo menos *esta* metáfora.

Recién ahora soltó mis muñecas. Las había estrujado con la misma fuerza con que servía la pelota en los entrenamientos y las llevé aparatosamente hasta cerca de mi boca para soplarles algún alivio.

—Un discurso muy emotivo, pero no convincente,

madame. Tengo la impresión de que a partir de esta noche yo soy el hombre *definitivo* para su hija.

Con una sonrisa, Diana se pegó un suave palmazo en la frente.

—Nunca me imaginé que me saliera con una pachotada machista. Trate de no repetirla delante de Sophie, pues la he adiestrado para que reaccione muy duramente ante ellas.

Fue hacia la puerta, y me dedicó una mirada que más bien parecía una amenazadora profecía.

—El vuelo a Londres es mañana al mediodía. ¿Algo más, doctor Papst?

—Sí, madame. Si tuviera la amabilidad de pagarme mi honorario. Temo que el barón von Bamberg ya me haya desheredado.

La condesa agitó en el aire con la gracia de una andaluza el cheque del campeonato y dijo,con el placer evidente de hablar de cosas que sí la emocionaban:

—En cuanto cambie este *cañón* (sic) le daré lo suyo.

—¡Con su generosidad habitual, condesa! Tengo que reponer en mi ajuar un traje que su hija me encogió.

En cuanto Diana hubo salido, me abalancé sobre la puerta y le eché doble llave. Quería revivir las emociones de la noche y festejar con horas de profunda quietud el descubrimiento del amor. ¡Tantas caricias se habían frustrado con la turbulencia de los acontecimientos! ¡Tantas palabras, pulidas durante el sueño de Sophie que hubiera querido modular ante sus lóbulos para establecer locuazmente las gracias por la excitación de vivir que ella me regalaba, y que no pude decirle! Anduve por el cuarto con la solemnidad de quien pisa un templo recogiendo las simples prendas de vestir que entre el fulgor de esa mañana parecían verdaderos trofeos de amor: su *slip*, un largo cabello sobre la almohada.

En el avión a Londres fui leyendo la prensa francesa. El quebrador de huevos había hecho mayonesa abundante cual diarrea; todos los diarios publicaban sus fotos ignominiosas. Sólo *Le Monde* se abstenía de estampar nuestra imagen semidesnudos, pero sólo porque este prestigioso periódico no publica material gráfico. En cambio ironizaba sobre mi situación en un articulito de diez líneas donde en homenaje a Nabokov se me llamaba "Míster Lolita". Con todo debí haber agradecido esa discreción: el resto de la prensa oscilaba entre pedir para mí la hoguera —textualmente se evocaba en una página el arduo destino de la doncella de Orleans— o en celebrarme como un Don Juan internacional, una suerte de híbrido entre el doctor Barnard y Robert Redford. Las fotos eran más ridículas que la situación en que habían sido tomadas. Cuando se es actor de un drama uno está tan inmerso padeciéndolo, que no imagina cuán farsesco es todo visto a la distancia. En las imágenes, gracias al arte de birle y birloque de monsieur Bracourt, aparezco con cara de sátiro invernal, a pecho descubierto, gritándole al periodista que deje de fotografiarnos. Esa es la más benévola. En otra me cubro el rostro de los fogonazos como si fuera un criminal. Cualquier tribunal del mundo que viera estos documentos me condenaría a perpetua. Y Sophie, siempre ingenua, fresca, superior, le concede en cada imagen una sonrisa al fascineroso de tal candidez, que por oposición mis colmillos lúbricos semejan los de una bestia voluptuosa y sanguinaria, una especie de lobo que acaba de desayunarse a la abuelita y que se apresta a servirse de postre a la inocente tenista.

No ahorraré mencionar los epítetos con que se me nombraba al pie de cada imagen, pues ellos han influido grandemente a la opinión pública: "el sátiro americano", "el doctor seductor". Otro recurrió simplemente al diccionario de sinónimos: "Papst: libidinoso, lúbrico, lascivo, jugoso, lujurioso, concupiscente, desenfrenado, incontinente, rijoso, calentón". El pasquín de ultraderecha se permitía un juego de palabras con mi apellido: "Ni el Papa perdonaría a Papst".

Sobre el Canal de la Mancha tuve dos consuelos. Por orden de importancia: como si hubiera adivinado mi padecer, Sophie me tocó la mano y besó delicadamente mi muñeca. El segundo alivio era haber abandonado Francia, donde frente a los éxtasis del amor los parisinos ya no reaccionan con complicidad y diciendo "Oh, la, la" como en los films de Maurice Chevalier de mi infancia, sino que parecían empeñados en restablecer con los amantes la popular guillotina.

Al sobrevolar territorio inglés lancé un "por fin", efímero, pues me asaltó el recuerdo de dos lecturas de adolescencia: *Balada de la cárcel de Reading* y *De profundis*. Los simpáticos isleños no habían tenido el menor reparo en podrir a Oscar Wilde en una prisión para confirmar su frase en *"El retrato de Dorian Gray"* de que *Tartufo ha emigrado a Inglaterra y abrió una tienda* y evoqué también *La crítica como artista* donde dice que lo único grande que ha hecho Inglaterra es establecer la Opinión Pública, que no es sino el intento de organizar la ignorancia de la comunidad y elevarla a la dignidad de fuerza física. Por muy desvalorizada que estuviera la libra esterlina y sabiendo que Sophie viajaba a Wimbledon, el siniestro periodista habría mandado ya sus fotitos a Londres, donde ministros han sido minuciosa-

mente degradados por decirle *buenos días* a la vecina. Y
ya al aterrizar me invadió el pánico cuando pensé que
las mismas fotos estarían mañana en la mesa del desayuno del barón von Bamberg y en el gabinete de Ana.
En la última página venía la cotización monetaria, y al
leer que el *Deutsche Mark* se había valorizado sobre el
Franco no me cupo la menor duda de que Bracourt
podía hacer una dieta de ron con jugo de coco rodeado
de mulatas y *bossa nova* en las arenas de Copacabana a
cuenta de mi desgracia.

En efecto, los periodistas hacían nata en el aeropuerto, y traían sus colmillos cebados en la prensa
francesa. Omito los *brulotes* para destacar sólo las preguntas corteses.

—(A Sophie) ¿Qué haría si quedara embarazada del
doctor Papst?

—(A Sophie) ¿De qué grosor es el mango de su
raqueta?

—(A la condesa von Mass) ¿Un triángulo?

—(A mí) ¿Le gustaría que a su hija le pasara esto?

—(A Sophie) ¿Qué tal la performance del doctor
Papst en su luna de miel en París?

Interrumpo esta lista para consignar que a esta última
pregunta, contra todas mis advertencias de no entrar en
discusiones sobre la vida privada, Sophie contestó
echando hacia atrás su pelo con arrogancia:

—¡Fantástica!

Lo que motivó una tormenta de flashes sobre mi
rostro, justo en el instante en que no pude reprimir mi
indignación por su torpeza y le gritaba:

—Cállate, por piedad.

Ese fue el instante en que la muchacha sacó de su
infinito repertorio de expresiones por primera vez la
soberbia, la ira inflamada, la rebeldía, la mueca arisca y
lo digo con dolor, el desprecio:

—Tú te callas, idiota. No soy tu hija para aceptar tus órdenes.

Puesto que nos habíamos ladrado en alemán, los fotógrafos permanecieron atónitos, hasta que uno de ellos le preguntó a un viejo con cara de avezado que tomaba nota:

—¿Qué dijo ella?

—"Parezco hija tuya, pero no lo soy" —tradujo el infame, lo que motivó una risotada que hasta el día de hoy retumba en mis tímpanos.

Para llegar al hotel nos dividimos en dos vehículos. La condesa von Mass se fue con un delicadísimo reportero de *The Times,* quien había tenido la gentileza de susurrarme la siguiente frase de consuelo en el aeropuerto: "Aunque a usted le gustara fornicar con canarios, no es de mi incumbencia. En el *Times* se hablará sólo de tenis". Claro que un ser así hubiera absuelto a Oscar Wilde, pero al enfatizar su tolerancia no hacía más que insinuarme que su conducta era la excepción y no la norma.

En el otro coche viajamos Sophie, yo, y el empresario Forbes, quien conducía obsequiándoles jubilosos bocinazos a los transeúntes y automovilistas. Inmerso en la grosería que veníamos de padecer, no pude controlarme y delante de Forbes agredí a Sophie:

—¿Cómo puedes ser tan estúpida de contestar las preguntas de esas hienas?

—Hablo con quien quiero, cuando quiero y donde quiero.

—¿Sin que te importe mi caso?

—¿Tu caso?

—Pequeña, ¿no te das cuenta que estamos hundidos en un escándalo?

—Es tu problema.

—¿Mi problema?

—Si eres tan infeliz bájate del coche ahora mismo y déjame para siempre. Pero no me arruines el humor dándome órdenes.

—¿De modo que te importa un comino mi ruina?

—Todo en la vida tiene un precio. Eres el amante de Sophie Mass. ¡Págalo!

—No bajo estas condiciones. Cuando lleguemos al hotel me marcho.

—¡Buen viaje!

—En cuanto estemos allá subes corriendo a nuestra pieza sin hablar con nadie y te encierras hasta que yo te avise.

Lanzó tres minutos de carcajadas artificiales, y tan infantiles, que tuve que taparme las orejas. Forbes se sumó a las risas, imagino que con fingida espontaneidad. Cuando Sophie interrumpió su *show* y levantó el vidrio dejando que el viento la despeinara, Forbes se dio vuelta hacia mí:

—Doctor Papst. Cuando lleguemos al hotel, es necesario que Sophie permanezca una media hora en el *hall*. El grueso de los periodistas la esperan allá.

—¿Y los del aeropuerto?

—¡Fotógrafos!

—Me encantan las fotos —exclamó Sophie poniendo la otra mejilla contra el viento.

—La señorita von Mass tiene razón. Hay que atender a la prensa.

—No, señor Forbes. ¡La prensa se acabó!

—Me extraña su actitud, doctor Papst. Los muchachos están entusiasmados por el *match* de Sophie. Estamos cobrando el doble de lo habitual y con un poquito de publicidad agotaremos la capacidad del estadio.

—No es el tenis lo que les interesa, sino el escándalo.

—En este ambiente un poco de salsa en la comida es habitual.

—¡Pero señor Forbes! Sophie es una tenista y no una striptisera.

—¡Ese es el milagro! Una muchacha que une a su talento ese erotismo, esa sensualidad. —Lanzó una carcajada de compinche macho en la taberna del pueblo.— Bueno, para qué le cuento a usted que la conoce más íntimamente.

—¿Qué quiere decir usted con eso, grandísimo puerco?

—¡Doctor Papst, estamos en Londres! Un humanista como Erasmo de Rotterdam dijo: "Una ciudad en la que me quedaría hasta el fin de mis días, si pudiera".

—Ya que parece adicto a frases célebres, permítame que le inflija una de Savage Landor en *Imaginary conversations*: "Es más fácil obtener de un inglés veinte injurias que una sola lágrima". Y si me replica con otra cita, le juro que lo estrangulo ahora mismo.

—¡Eso sólo aumentaría su prontuario!

Sophie se cubrió la boca para ocultar su risa, y Forbes le aplicó varios pequeños puñetazos a la bocina, tal vez con el ánimo de celebrar su pachotada.

—Señor Forbes: el *match* queda anulado.

—Si anula el *match*, los fanáticos de Sophie lo lincharán. Y si sobreviviera al linchamiento mis abogados lo secarán en la cárcel.

Ahora fui yo quien lanzó una falsa carcajada operática.

—Recuerde que soy médico y que hay un argumento irrefutable: ¡Sophie está enferma!

La muchacha se adelantó sobre el lóbulo del empresario Forbes y le dijo en voz baja, pero lo suficientemente alto para que yo lo oyera:

—No se preocupe, señor Forbes. Las decisiones sobre mis partidos las tomo yo.

El hombre puso una mano sobre la mejilla de Sophie y le dio un golpecito de abuelo chocho.

—Talentosa, linda e inteligente.

Y celebró sus conclusiones con un nuevo concierto de bocinazos.

—Esta misma noche me devuelvo a Berlín —dije.

—Berlín —dijo Sophie, irónica.

—Berlín —dije yo, decidido.

En el vestíbulo del hotel aparté a empellones a los periodistas y recogí en la administración, en ceremonia superprivada, las llaves de nuestras habitaciones. Forbes había ingeniado que Sophie y yo durmiéramos lo suficientemente separados para que la moral de la condesa, del hotel, y de la prensa fueran complacidas, mas al mismo tiempo lo suficientemente juntos para que pudiéramos dormir en el mismo lecho y para que los periodistas hiciesen sagaces comentarios sobre esa proximidad. La estratagema consistía en darme la pieza 500 que se comunicaba por una puerta interior con la 501 que debía ocupar Sophie. Empuñando la llave cual si fuera una ametralladora atravesé el *hall* del hotel donde periodistas y aficionados se cebaban en la ingenuidad de mi amor.

En la habitación abrí desesperado puertas, ventanas, y me despojé de la ropa desparramándola sin concierto. Entre la 501 y la 500 fui fatigando la rabia con grandes zancadas y puñetazos al aire que tenían el metafórico destino de Forbes, los periodistas, Bracourt.

Yo era el chivo expiatorio, el famoso pato de la boda, el *puching-ball* donde todos ejercían sus artes marciales. ¿Con qué títulos me había ganado ese privilegio? "Con los títulos del amor"; lindo verso para una balada estúpida en la radio. A nuestro flanco se hundía el mundo y sus alrededores, sobre todo por culpa de los impulsos e infidencias de Sophie, y ella, tan campante, parecía disfrutar con cada ladrillo que nos rompía la cabeza. Adiestrada en la filosofía de Alexis Zorba: ante la destrucción de la maquinaria que le significaba *todo* en la vida, él se había limitado a comentar: "¡Qué desastre tan lindo, patrón!"

Pasaron diez, veinte minutos y ella no subía. Me acosté una vez más en el lecho de la 501. Me revolví treinta segundos, me levanté y fui a hundirme en el mío de la 500 alborotando las sábanas y mi corazón. Oscureció. Sonaron lejanas campanas y para matar el tiempo intenté discernir si alguna de ellas era la del Big Ben. En el canto de la ventana se detuvo una paloma. Nos mantuvimos las miradas un par de minutos, hasta que quise acariciarla. Fue a posarse a un árbol. Al poco rato todos los pájaros se ahuyentaron cuando las ondas de una sirena de incendios removieron el aire. Volví a su lecho y con las palmas de las manos estiré, acaricié, las sábanas. Dormiríamos en su pieza, esta vez. Rodeado de sus vestidos; con ese aroma que ella le daba a cada una de sus prendas. Colgaría a lo ancho de la pieza sus tres o cuatro sombreros, y cuando estuviese desnuda entre mis brazos, le pondría el jockey de cazadora que disciplinaba su cabecita en el aeropuerto de Berlín. ¿Por qué no venía?

Fui hasta la pieza vecina, movido por la intuición de que su llegada era inminente, a buscar el balde de plata con la botella de champagne y el finísimo jarrón sobre el cual las rosas rojas parecían una bofetada de sensualidad. Al moverlo, hallé un sobre que contenía una tarjeta de *Alexander Forbes, empresario*: "Para los tortolitos". Como se ve, una alusión muy sutil a la eventual historia de amor que me unía a la princesa. Pero el champagne es el mejor compañero de rudas jornadas, y aunque me lo hubiera regalado el mismísimo demonio, decidí que había que hacerle los honores del caso. Dejé que el corcho saltara aparatosamente hacia la calle y al servirme la primera copa algo de la espuma se derramó en el dorso de mi mano y la lamí con mi lengua. ¿Dónde estaba Sophie?

Me había humillado delante de los fotógrafos en el aeropuerto y masacrado delante de Forbes ¿Lo hizo a sangre fría para reducirme a un rol de marioneta, o era sólo un gesto más de su espontaneidad juvenil? ¡Qué de golpes al hígado! Raquetazos, miradas, besos, palabras, y por si fuera poco, poesía. Cuán sabio hubiera sido seguir el consejo de Shakespeare: *I'm not interested in poetry, poetry is just another word for love.* Y ahora consolarme con los Beatles: *It's only love and that is all, why should I feel the way I do?*

Maldito, minuciosamente maldito amor.

Una chiquilina me tenía a su total merced. Me arrastraba. Me ponía en ridículo. Me hacía trasladarme de país en país cual un saltamontes. Me pulverizaba de amor. ¿A qué negarlo? Si desprecio fuera todo lo que ella estuviese dispuesta a darme lo aceptaría con delicia con tal que no me echara de su lado. Podría ser, Brel, la sombra de su sombra, la sombra de la sombra de su perro con tal de estar cerca de ella.

Tres horas pasé, consumido en mi propia degradación.

La soledad comenzó a asfixiarme. Cómo cantamos la soledad, la disfrazamos de gala, le ponemos adornos pascuales, la regamos de ditirambos, la buscamos para huir de la necedad. ¡Pero cuando la verdadera soledad nos muerde, cuánto la odiamos! En la vida se paga por cada gesto, todo pensamiento tiene un objeto, el camino que no se tomó vive como fiel fantasma del sendero recorrido. ¡Quería tanto la soledad para ser yo mismo!

¡Ahí la tenía!

¡Ese yo mismo era dependiente de Sophie!

¡La inquietud comenzaba a provocarme escalofríos!

¿Qué hacía Sophie en este momento? ¿Dónde estaba?

¡Soledad! *L'enfer est tout entier dans ce mot: solitude.*

Así de herido, consideré el decorado de la habitación que nos había oficiado Forbes en su rol de celestino y quise verlo poniéndome en sus ojos: un tapiz que iba de una punta a otra de la muralla con un motivo del Lago de los Cisnes. La frágil danzarina levitaba sobre las aguas mientras los cisnes formaban un círculo con sus alas alrededor y un esbelto cazador tendía el arco de su flecha en cuyo extremo, cual un *flash forward,* colgaba ya sangrante el corazón al cual apuntaba. El hotel cobraba tarifas de cinco estrellas, aunque sus adornos no valieran más que dos. Con todo, la ingenua idea del artista de hacer tan estridente el efecto del flechazo tenía algo conmovedor. En mi estado de ánimo me iba apropiando de toda la subcultura occidental para ir mitigando mi soledad.

Sophie no venía a calmarme.

Huía de mí.

Con la misma espontaneidad con que me había dado su amor, me lo había retirado. Si lo primero había sido inverosímil, lo segundo era más que probable. Una prueba era el ninguneo delante de medio mundo: menos que amante, menos que médico, menos que hombre, menos que perro. Y su colofón brutal: "paga el precio".

¿Bastaban mis pocas palabras autoritarias y paternales, dichas sólo por su bien, para que sustrajera todo su amor cual una violenta resaca? ¿Era capaz de semejante extremismo? Me había dicho con su cuerpo y sus palabras que me amaba ¿Por qué no venía entonces?

Un presentimiento: le había pasado algo.

Uno de sus típicos arrebatos pretorneo. Una excursión a una *boîte*, el taxi choca en una esquina, ella yace en el hospital. Agoniza.

Me duché con agua fría y me froté el cuerpo hasta hacerme daño.

Inútil.

Esta angustia era también el amor.

Me vestí sin prestar atención a lo que me ponía. Seguro que la chaqueta abundaría en arrugas, que el pantalón tendría manchas de vino, que de la camisa no habría salido el círculo de rouge de su beso.

Corrí por las escaleras mientras un fotógrafo me perseguía disparando sus *flashes*. No le hice caso. Le pregunté al conserje por Sophie.

—Está en su habitación —dijo.

—¿Qué número?

—La 501.

—No puede ser. No me mienta.

El funcionario puso cara de perplejo. ¡Dios mío! Yo enredado en una ofensa a un pobre y triste funcionario a quien de pronto lo veía como un cabrón destinado por Forbes a confundirme, a hacerme perder la pista de Sophie. Tuve la extravagante idea de que la ausencia de mi amada era una estratagema de Forbes. Temeroso de que hiciera valer mi autoridad de médico, la había simplemente raptado y puesto a salvo de mis garras en otro hotel.

Entré al bar y me derrumbé tan patéticamente sobre el mesón que el camarero me sirvió un whisky doble sin siquiera preguntarme qué quería. Cómo sería mi aspecto que ya recibía la solidaridad piadosa del *barman* aun antes que amaneciera.

Perdí la mirada en los dedos melancólicos del pianista negro. Lástima que esto no fuera un film en el norte de Africa donde la desventura del amor termina cuando la imagen se apaga sobre la pantalla. La música y el trago suavizaron mi cólera y la transformaron poco a poco en tristeza. Busqué un espejo que me diera la prueba final de mi destrucción. Al hacerlo giré un tanto con el sillín del bar y más mi intuición que mis ojos creyeron descubrir a Sophie en la mesa más esquinera del local. La luz era muy tenue y desde los candelabros se despedía esa pequeña claridad que más bien confunde los rasgos que los define. Avancé hasta la columna junto al pianista y en una pose que creí discreta precisé el foco sobre aquel rincón.

Era ella.

Oprimí los dedos sobre los párpados y me los froté cual si quisiera borrar una alucinación, desprenderles la pesadilla que como una garrapata se adhería a ellos. ¿Por qué vestía ese maravilloso traje de leve terciopelo azul con perlas luminosas que semejaban estrellas sobre su escote y esas anchas hombreras que al modo de los años cincuenta hacían más delgado su talle y más sensuales sus movimientos? ¿Dónde se había cambiado la camisa deportiva y los jeans desaliñados que usara para el vuelo? ¿Y por qué había elegido para una simple noche de bar en su propio hotel un traje de gala?

¡No era necesario ser un sabueso inglés para concluir que un cambio de ropa requiere de una etapa intermedia donde se ha estado desnuda!

Según el portero este cambio tendría que haberse efectuado en la habitación 501, recinto que yo mismo había acechado hecho un jaguar en celo. ¿Por qué entonces había agraviado a un empleado de última

estofa cuando me indicó el número de la pieza? *Sabía*
que él no era culpable por su información falsa. ¿Pero no
se debió acaso mi reacción desproporcionada a un tinte
sardónico que percibí, o creí entender, en sus pupilas?
Bajé las manos de mis ojos y en un arrebato de angustia
hundí los dedos de una de ellas en mi boca, indefenso
cual un niño. Y entonces pude ver que Sophie no estaba
sola, ni tampoco acompañada por una multitud de
zánganos, periodistas o admiradores, sino que estaba
sola con un hombre. Y a este hombre lo escuchaba con
madura intensidad, como si esta expresión le convinie-
ra a la tela de su traje, a la severa armonía del terciopelo.

Estuve a punto de perder el equilibrio.

Esto también es el amor, me dije. Estos celos.

Si quería ver el rostro del *otro* —así lo nombró espon-
táneamente mi pavor— tendría que abandonar la columna y desplazarme por el salón primero hacia la
izquierda y luego adelante para captar su perfil. Pero la
vergüenza me paralizaba. Más bien temía que Sophie
me descubriese espiándola y me degradara otro poco.
Que me sometiese a otra humillación pública. No me
movería de allí. Iba a esperar mínimo y servil a que ella
se levantara. Así pasasen horas.

Pero un minuto más tarde, y justo cuando el músico
concluía el tema con un trémolo, el hombre que estaba
frente a Sophie se dio vuelta para atraer la atención del
mozo chasqueando los dedos con la vulgaridad de un
marino yanqui.

Era como si me hubieran arrojado vidrio molido en
las córneas. El hombre que la acompañaba era clara,
rotunda, indudablemente, Pablo Braganza.

Ignoro con qué fuerza avancé hasta él, porque todo ahora es más bien probable invención de mi fantasía que crónica de hechos. El vértigo me había poseído, y sería injusto exigirle a un sonámbulo una cuenta detallada de sus actos, por trágicos que éstos fueran. Más que acciones, puedo perfilar el pavoroso volumen de mi dolor. Pero con vestigios de lucidez e informes de testigos me fue posible este relato, no exacto pero plausible.

Puede que haya tenido en mi boca la sonrisa *Harvard* cuando me detuve frente a su mesa, mas se me debe haber agriado en el rostro cuando percibí que la mano de ella reposaba, con ese *relax* que sigue a momentos íntimos, sobre el antebrazo de él. Al advertir mi presencia trajo de vuelta la mano hacia su pelo, lo manoteó hacia atrás con ademán soberbio, y antes que yo pudiera decir lo que tenía sobre la lengua, ella me robó el texto.

—¿Dónde te metiste todo este rato? —dijo fresca, agresiva, regañona, gélida.

Frase con todo menos fatal que la que emitió Braganza, poniéndose de pie mientras simulaba limpiarse con las uñas restos de ceniza sobre la solapa de su chaqueta burdeos:

—¡Te lo dije, Raymond!

Conozco hasta el espanto las versiones encontradas que hay sobre mi conducta en los segundos que siguen.

La única verdad es que para evitar golpearlo en la mandíbula, donde se le concentraba la altivez y belleza

juvenil, hundí mis manos en los bolsillos de la chaqueta,
cual si me pusiera en prisión preventiva.

Temblaba. Se me trataba como si yo fuera un perrito
simpático que hubiese llegado hasta ellos y menease la
cola pidiendo alguna caricia. Me revienta haber vivido
esa banalidad, pero más me deprime tener que evo-
carla. Lo que ocurrió en ese instante, sí que es artilugio
del destino. No me cabe otra explicación para estas
simetrías y paralelismos que más parecían diseñados
por Borges que por la realidad. Nos hallábamos en un
local de Londres, como habíamos estado antes en un
local de Berlín. Se me humillaba en Londres, como se me
había humillado en Berlín. El elenco de Berlín consistía
en dos adolescentes a saber, Sophie Mass y Pablo
Braganza, y un *zombie*: Raymond Papst. El *cast* de
London se repetía con los mismos personajes y el ánimo
era el mismo. ¿Qué tenía entonces de exótico —de
increíble como los abogados con saña y sorna repiten en
sus inmorales libelos— que al hundir convulso de
cólera y turbación mis manos en los bolsillos, topara en
uno de ellos con un objeto metálico y apareciera en la
superficie sorprendida el revólver de grueso calibre con
que había intentado el melodramático suicidio Mr.
Braganza en Berlín?

Ni siquiera le apunté. Fue un movimiento dictado
por ese maldito guión, por ese camino que nunca
debiera haber tomado, la ruta del poema de Robert
Frost, ese atajo poco transitado que hizo toda la diferencia cuando un virus irresistible —y resistente— pareció
copar mis arterias y sublevó mi sangre como en "Cry of
the masses" de Lawrence:

> ¡*Devolvednos, Oh devolvednos*
> *Nuestros cuerpos antes de morir!*

¡Ah, dulce, frenética infección de Sophie! ¡Virus minuciosamente corrosivo! ¡Reina del contagio! ¡Cada alegría viene acompañada de un horizonte de perros, de un doblar de campanas fúnebres! Nunca debiéramos olvidar la inutilidad de toda empresa. El verdadero amor es una cuerda tendida entre la rutina y la desgracia.

No puedo decir que *disparé* pues este verbo implica una cierta voluntad, un grado de dominio sobre las propias facultades y la decisión de convocarlas en un plan agresivo. *Mi mano* apretó el gatillo y salió la bala. Una frase así de simple que me ha costado insomnio formularla. No puedo ufanarme de ella porque su semántica describe una desgracia, pero al menos describe en mi opaco lenguaje de médico una verdad. Digo *mi mano* y no *yo* porque mediaba un abismo entre mi conciencia y mis actos.

Desperté con el estampido para ver derrumbarse a Pablo ante mis pies. No atiné a nada, sino a contemplarlo desde una perpleja lejanía.

Puse el arma sobre el mantel como un objeto cualquiera, un vaso, el cenicero, el paquete de cigarrillos, y me desplacé lerdo entre los curiosos que en la penumbra del local no atinaron a detenerme. Yo que nunca había tenido un arma en mis manos, pues me repugna la violencia, había disparado a un ser humano. *Yo*, Raymond Papst, que había movido todas las influencias de mi familia en Boston para ser pasado a la reserva sin instrucción militar evitando así ir a Vietnam. *Yo* que me había hecho desde el fondo del alma médico para curar las heridas del prójimo y no para provocárselas. *Yo* que ni siquiera en la escuela primaria me había fajado a puñetazos con los chicos de mi clase cual era la sana costumbre, y en vez, había aceptado las provocaciones con las orejas ardientes de los sopapos y las mejillas

mojadas por los escupos con que castigaban mi cobardía. ¡*Yo* mil veces paloma entre jauría de lobos,
inmerso en un crimen!

¿Cómo era posible? Cada vez que alguien me había
causado daño físico o moral, siempre había buscado
razones para justificar la conducta de mi enemigo y
dudar con un patológico escepticismo de que me asistiera la razón. ¿Este amor por una quinceañera despertaba
entonces en mí el adolescente belicoso que reprimí
durante décadas? ¿Cómo se había tramado mi vida en
las últimas semanas para que hubiera *disparado* al pálido
y melancólico Pablo Braganza cual si fuese un *gangster*
escapado de un film con Georges Raft y James Cagney?
No: *mi mano apretó el gatillo y salió la bala.*

Se me carga que siendo médico no me preocupé del
muchacho que se desangraba sobre el suelo del bar. Los
testigos han dicho que huí del lugar de los hechos
revelando frialdad y ética incompatibles con mi profesión. ¿Cómo puedo haber huido si permanecí en el
hotel, en mi habitación, sacudido por una taquicardia
incontrolable?

Lo único que deseaba era que ésta me condujera a un
infarto.

Tan fulminante que reventara de una vez y para
siempre mis arterias. *Beware my foolish heart.*

Sophie ya no me amaba.

Con la misma avasalladora espontaneidad con que
había planteado su amor ahora lo extirpaba. El cuarto
que el astuto Forbes había ornamentado con picardía
para las ceremonias del amor, era en cosa de minutos el
mausoleo de mi agonía.

El exterior era un alucinante océano de murmullos:
diálogos de turistas texanos en el pasillo, el eco de gritos
desde el *hall*, la sirena de una ambulancia amortiguada
por las cortinas, el monótono chillido de una aspiradora

en el piso superior. La sirena se alejaba y reaparecía como si estuviera perdida en Londres, con esa irritante ubicuidad de las alarmas. Mis manos estaban húmedas y las sacudía una corriente incontrolable. Quise secarlas sobre los pantalones, sólo para advertir que también mis muslos estaban mojados.

Fui hasta la ventana y puse la frente sobre el vidrio. El contacto frío duró apenas segundos. Al apartarme había una mancha de forma repugnante y la borré con la manga del saco. Vi llegar la ambulancia a la puerta del hotel, y al portero y al gerente que introducían casi a empellones a los enfermeros. La luz azul quedó girando sin ruidos, y evoqué un faro en Connecticut, cuando en una noche de niebla y felicidad buscábamos el puerto en el velero de mi padre.

Tocaron a la puerta. Sobresaltado me sequé las manos en las solapas de la chaqueta.

—¡Soy yo! —dijo Sophie.

Fui a abrirle. Si siempre me había cautivado su palidez, tenía ahora un matiz lívido que le daba un carácter irreal. Presumí que vendría una escena horrorosa y me propuse juntar las fuerzas que no tenía para enfrentarla. No obstante, ella avanzó con notable serenidad hasta la ventana, y atisbó lo que sucedía en la calle.

—Se lo llevan al hospital —me dijo de espalda.

Por un segundo tuve la impresión de que yo era un espectador de esta escena, que estaba fuera de la pieza en el alivio de mi rutina, y que el Raymond Papst que ahora deseaba contra toda cordura y con la mayor importunidad ir hacia ella y abrazarla, y besarle el cuello y morderla, era un actor de quinta categoría que llenaba de ineficiencia mi papel.

—Sophie —llamé, sin acercarme.

Ahora sí se dio vuelta, sin perder un ápice de su calma.

—¿Por qué lo mataste?

Tuve que apoyarme contra el muro.

—¿Está muerto?

—Es lo que la gente dice. No recupera el conocimiento.

—¿Está muerto?

—No sé.

—¡Dios mío! Tienes que haber advertido si vivía o no.

—¡No era posible darse cuenta! Y el único médico que
había allí, *huyó*.

—No *huí*.

—¿Entonces qué?

—¿Estás a favor o contra mí?

—¡Raymond! ¿De qué me hablas?

—¿Dónde te cambiaste la ropa?

—¿Qué importa eso *ahora*?

—¿Por qué no viniste?

—No quiero hablar de eso.

—¿Estabas con él?

—¡No quiero hablar de eso!

—¿Qué soy yo para ti?

—¡Raymond! Le disparaste a un ser humano. ¡A un
muchacho! ¿Cómo puedes pensar en otra cosa?

—Porque *no puedo* dejar de pensar en otra cosa.
¿Dónde te llevó?

—En cualquier momento viene la policía. Será mejor
que nos pongamos de acuerdo.

—¿En qué?

—En lo que voy a decir.

—¿Qué importa eso ahora?

—Tú me ayudaste a mí, yo te tengo que ayudar a ti.

—¿Para qué me pediste que te lo quitara de encima si
lo amabas?

—Llamamos *amor* a cosas *tan* distintas. No vale la
pena hablar de eso.

Ahora otra sirena se oyó estridente. Intercambiamos una mirada. Bastó eso para saber lo que venía.

Golpearon a la puerta. Fui hasta el baño a buscar la toalla. Me sequé la transpiración y grité que pasaran. Como de costumbre, venían en pareja.

—Doctor Papst... —dijo el de traje gris, cruzando los brazos tras la espalda.

—Ya sé —lo interrumpí.

—Es necesrio que...

—También lo sé. Ahórrese la frase que he visto en quinientos films policiales, señor oficial.

Indicó con el mentón la puerta, y el hombre calvo que lo acompañaba se apartó para abrirme camino. Sophie vino a mí. Por un momento adiviné en ella un abrazo estrecho y emocionado. Pero a una distancia en que percibí su aliento, cambió de idea, y me dijo quedo, más solemne:

—Puedes contar conmigo.

La sonrisa que me brotó espontánea era ingenua. Dejé que la melancolía me la declinara. Recogí la última impresión de ese templo concebido para la coronación del amor y la vana frivolidad de los objetos. Esas sábanas de seda con el emblema del hotel labrado en hilo rosa, la deliciosa humedad sobre el balde de plata del champagne, la gota del corazón sangrante en el tapiz, y cual una bofetada de despedida, una vez más, sobre el lecho el libro de Milosz. Me lo puse en el bolsillo y avancé hasta la puerta. En su umbral la voz de Sophie me detuvo.

—¿Raymond?

Giré sobre mis talones, y sentí que mi amor estaba intacto. Su imagen desprendía una vez más todo lo que me había atraído a ella. La liviandad, la armonía, la tibieza, la nobleza, y la piel, una vez más sobre todo, la piel.

—¿Mi amor?

Creí ver que la tristeza le abultaba el labio inferior y pude apreciar una mancha de rouge escapada del labio hacia la mejilla, en el momento que me dijo:

—¿Qué manera de romper huevos, no?

Al día siguiente vi el primer partido de Sophie en Londres en el televisor de la sala de estar de la cárcel, rodeado de fascinerosos, quienes conocedores y mitificadores de mi tragedia hacían comentarios soeces cada vez que la cámara captaba un *close-up* del cuerpo de Sophie. En muchos momentos pensé en incriminarme doblemente estrangulando a algunas de esas bestias impías, pero el terror de reincidir en el crimen y agravar mi caso ante la justicia me hizo optar por tragarme la ira.

Temía que mi ausencia de la cancha perturbase a la chica, sobre todo después de los acontecimientos, mucho más graves que los vividos en Berlín. Pero mis aprensiones eran vanas. Sophie jugaba no sólo en forma segura, sino que condimentaba su juego con tal picardía que el público a menudo estalló en risas junto a los aplausos. Aunque la mediocridad de su rival la ayudaba en su *show*, no dejaba de ser atractiva la manera como acumulaba puntos y games. En cuatro ocasiones, durante el primer set, aplicó la "dejada". Con un muy preciso juego de muñeca, que a su vez era el final de un gesto total del cuerpo, envolvía la bola, golpeándola con tacto, para imprimirle un efecto retrógrado y dejarla justo encima de la red al otro lado de la cancha. A la pobre rival se le caían los pelos volando de un extremo a otro con un voluntarismo inútil, pues el público celebraba los puntos de Sophie aun antes de que la pelota hubiera tocado el césped. Cuando la recia británica captó que Sophie la engañaba en la preparación de sus "dejadas" simulando que le imprimiría al balón una fuerza superior a la que practicaba, en un acto de súbita malicia se adelantó a la red y desde allí devolvió con seguridad el raquetazo de Sophie. Mas entonces la princesa corrió tras el balón, y aun sin tener tiempo para acomodarse, le despachó un *lob*, que condujo la pelota cual un parabólico pájaro por encima de su rival hasta hacerla rebotar dentro de la cancha junto a la línea del fondo. *Standing ovation*.

Ganó seis a uno y seis a dos. Me produjo alegría saber que podía prescindir de mí, pero también inquietud. Nunca la había visto jugar con esa liviandad. Era mucho más que buen tenis lo que había exhibido hoy. Se trataba de un *espectáculo* con todas las de la ley. ¿Qué la había puesto en tan buen ánimo? Una congoja me apretó la garganta: la ausencia de sus dos galanes con la consiguiente ventilación de sus juveniles pulmones. Uno, *horizontal* en la cama del hospital, y el otro en la cárcel con un blusón a rayas *horizontales*. La *horizontal* despejaba el *horizonte*.

En seguida pensé que no. Que Sophie me enviaba un telegrama en clave a través de su éxito. Me hacía saber que estaba entera, que no debía permitir que mis angustias por ella me abrumaran, y que haría bien en dedicar toda mi energía en la preparación de mi defensa. Este era un trámite esencial, pues mi abogado, Martin Lawford, un dinámico cuarentón a quien aceleré endosándole el cheque de Diana von Mass, me había comunicado que debíamos luchar contra los hombres y los elementos. A saber: el padre de Braganza había enviado desde Madrid no sólo al mejor cirujano sino al mejor abogado español —un erudito en el código penal inglés— con la consigna de que lograra que mis huesos se pudrieran en la cárcel. Lawford me explicó que él no pretendía darse aires tratando mi asunto como especialmente engorroso, pero que las agravantes eran tantas que aun en el mejor de los casos debía prepararme anímicamente para una temporada en prisión. Mucho dependía por cierto de la evolución de Pablo Braganza. Según Lawford, un tiro a quemarropa, deja "un forado más o menos" y al parecer había más de un órgano comprometido. Si el joven falleciera me caería todo el rigor de la ley pues mi atropellada tesis de que el revólver estaba por casualidad en el bolsillo era más ridícula que plausible. Peor, según él, era rastrear la genealogía del arma hasta Berlín, pues eso solo inflaría el tiempo de premeditación del crimen aumentando el carácter alevoso de éste. Lo mejor era entonces que el muchacho se repusiera y fuéramos viendo cómo reaccionaría la familia y qué tipo de culpa y pena pediría el fiscal. Según cálculos optimistas, el fallecimiento de la víctima me podría costar entre veinte años y perpetua. La diferencia entre ambos plazos me era indiferente, ya que yo sólo consideraba el castigo como tiempo robado a mi relación con Sophie. Un *día* lejos de ella sería grave, dos mortal.

Mi abogado puso una mano sobre mi hombro. Tenía que acostumbrarme a muy distintas dimensiones del tiempo. Debía hacerme la ilusión de que había entrado en una máquina espacial que me alejaría por años luz de las nimiedades y pasiones de esta tierra. El único secreto para sobrevivir desde una semana hasta veinte años de *chirona* —usó ese alegre vocablo— era armarse de la paciencia de Job. Cualquier ansia por salir de las rejas sólo consigue aumentar la zozobra, y transforma el tiempo en un pantano que chupa milímetro a milímetro la vida. Me propuso traerme un libro que había ayudado a algunos clientes con penas pavorosas. Algo así como "La técnica de la evasión en los penales". El título —dijo— era taquilleramente ambiguo, pero los guardianes ya lo dejaban entrar en las cárceles pues sabían que el cazurro autor usaba el término *evasión* en un sentido francés, a saber, como el arte de entretenerse. Le dije a Lawford que le agradecía la oferta pero tenía tanto que pensar y me ocupaba con tal pasión de limar mis rugosas obsesiones, que en verdad no tendría tiempo de ocuparme de su manual. En cambio le pedía, con carácter de urgente, una copia de la ficha clínica de Braganza, radiografías incluidas, que me permitieran evaluar profesionalmente mis *chances*. Además, si tenía la bondad, que me hiciera llegar la prensa de hoy. Con un golpecito sobre el maletín, el abogado dio a entender que la tenía dentro.

—Pero no quería mostrársela —dijo—. Le puede arruinar el hígado y el ánimo.

—Déjese de delicadezas. Muéstreme lo peor de todo.

—Por ningún motivo. Le muestro lo más suave.

Extendió la portada de un pasquín italiano —lengua con la cual tenía un idilio desde *La Divina Comedia*— donde eran identificables fotos tamaño tarjeta postal de Sophie, mía, Braganza, y ¡tiembla tierra!, de mi legítima esposa Ana. Arriba de ellas, escrito con sangre roja, el siguiente titular: TUTTI SIAMO CORNUTTI. De un manotón cogí el periódico, y estrujándolo hice con él una pelota y le prendí fuego con un mechero. El guardia se acercó displicente y miró cómo ardía el papel sobre el piso de cemento. Mi abogado le puso el pie encima y en pocos segundos consiguió apagarlo.

—Hay que tratar de ser racional —sentenció—. De este periódico se vende diariamente medio millón de ejemplares. No vale la pena el esfuerzo de condenar sólo a uno de ellos a la hoguera.

Luego abrió del todo la boca de su maletín y extrajo alrededor de quince libros que puso delicadamente sobre mi angosto lecho.

—¿Y esto qué es? —dije.

—Una idea —exclamó, meciéndose su envidiable cabello azabache—. He pensado que se podría enfrentar su defensa con alguna jurisprudencia literaria. ¿Me capta?

—No.

—Usted... Tome a bien lo que le digo, pues es realmente por su bien... Usted con su amor *excéntrico* es un caso difícil, pero no anómalo.

—Escúcheme bien, señor Lawford. Cuando yo me enamoré desde el hígado al lóbulo parietal izquierdo con todas sus funciones emocionales y motrices, no lo hice con la voluntad de ser original sino de obedecer a lo que me indicaba mi espíritu y mi piel.

—Comprendo, doctor Papst. No lo estoy acusando de plagio *sexual* (no pudo evitar reírse con este hallazgo) sino que intento persuadirlo de que me ayude a descargar su asunto del tono morboso, paródico y monstruoso que le quiere dar la prensa y que influirá necesariamente en la opinión pública y por cierto en los tribunos. Usted sabe lo que dijo Wilde sobre la opinión pública e Inglaterra.

—Me conozco a Wilde de memoria, señor.

—Tanto mejor. Lo que quiero es que le eche una mirada a estos libros y compare su experiencia con estos héroes y heroínas, que aquilate sus errores y depravaciones, que rescate de ellos lo más humano, que los *sienta* inocentes. Necesito exponerlo ante los jueces puro como un recién nacido. Tal vez en el camino aprenda mucho de la señorita Mass. Por ejemplo en este libro.

Apartó con vigor tres gruesos volúmenes. En aquella ocasión, entretenido en otras amarguras no entendí el sentido de su consejo. Sólo cuando hube leído las partes pertinentes marcadas con feroces señalizadores amarillos, quise tenerlo a mi lado para propinarle al menos un *uppercut*. Se trataba del libro XII de los *Anales* de Tácito, de *La vida del César* de Suetonio, y de las *Sátiras* de Juvenal. El tema básico era la relación del emperador Claudio con su mujer Mesalina y el relato pormenorizado de las escapadas sexuales de esta última, que incluían amoríos y fornicaciones con altos funcionarios, un senador, un jinete, un mimo, y un célebre *médico*. (En los textos cual sutil indirecta subrayado con lapicera roja.) La juvenil Mesalina no contenta con estos *duetos* desafió a la puta más connotada de Roma a ver cuántos hombres podían aguantar respectivamente durante un día y una noche en el mejor burdel de la ciudad. La ganadora por puntos había sido Mesalina con veinticinco fornicaciones. Según Juvenal, después de esta performance, la heroína "estaba cansada, pero no satisfecha". No esta hazaña, sino su huida con Silius y su separación unilateral de Claudio motivó que tiempo después el consejero del emperador Narciso mandara cortarle la garganta. En conclusión, uno de los muchos casos de relaciones infelices y de desenlace fatal entre seres de muy distintas edades. Y una pista —para mi gusto inadmisible— de por dónde se proponía Lawford encausar su defensa: haciendo de Sophie la caricatura de una *cocotte*, una *Mesalina* liviana de cascos, sin escrúpulos y sin fondo. Pero en aquel momento, al contemplar cómo mi abogado sacaba cual prestidigitador de una galera toneladas de libros, no reprimí la curiosidad de *semblantearlo* un poco.

—Dígame, señor Lawford...¿se ha dado usted mismo el trabajo de procurarme esta documentación?

Se ajustó el nudo de la corbata. Un gesto que mostraba cierto desagrado por mi pregunta.

—¡Oh, no, doctor! Yo soy de aquellos que piensan que los libros muerden. No me les acerco ni con armadura medieval. Pero tengo en mi gabinete a un pequeño batallón de letrados cesantes que preparan mis casos con ejemplos de la literatura. Estoy creando una suerte de *jurisprudencia fantástica* que me ha hecho merecedor de un artículo en *The Times*.

—Usted comprenderá que ahora me asalta una curiosidad muy legítima.

—Dígame.

—¿Gana sus juicios con este método?

—A veces gano, a veces pierdo. No más ni menos que antes de que comenzara a emplearlo. Pero el *Times* me nombró el abogado más entretenido del año.

Inmerso en la fatalidad, revisé los lomos de los textos que Lawford me dejaba de tarea entre otros, Nabokov, Benedetti, Goetz, Cátulo, Poe y la Biblia.

Excelente literatura, pero así agrupadas en torno a un tema, estos nobles libros sólo contribuyeron a perfeccionar mis obsesiones. Despejado el horizonte humano, sólo me quedaba el consuelo de la literatura. Comencé con zarpazos de lírica, y por cierto caí en Edgar Allan Poe, cuya Annabel Lee había leído con cómico sonsonete durante mis años de escolar, sin reparar en su contenido, pues no tendría entonces más edad que la heroína, y en ese tiempo la muerte era el planeta al que viajaba tarde o temprano todo el mundo, pero que nunca sería nuestro destino. Ahora sobrecogido con la biografía de Edgar, quien después de haber sido expulsado por borracho del Southern Literary Messanger, lograra una licencia para casarse con su prima de trece años, Virginia Clemm, en 1836 (cuán más piadoso es mi salvaje país con las cegueras del amor) fui pesando cada palabra de sus estrofas hasta recitarlas de memoria, mis labios al viento entre los barrotes de la celda. No me cupo duda de que el poema había sido no inspirado, sino dictado por la muerte de Virginia, víctima de la tuberculosis en la casa de ambos en Fordham. No la arrogancia, sino el dolor, lo juro, me llevaba a interpretar como parte de mi biografía la cuarta estrofa:

> The angels, not half so happy in Heaven,
> went envying her and me:
> Yes! that was the reason (as all men know,
> in this kingdom by the sea)
> that the wind came out of the cloud, chilling
> and killing my Annabel Lee.*

Mis ángeles de rostro cetrino, saliva libidinosa, cuernos retorcidos, vientres groseros, horquetas azufrosas, eran Allan Bracourt, el empresario Forbes, la condesa von Mass, los fotógrafos, los porteros de hotel, los choferes de taxi, los miles de espectadores en los courts internacionales, los millones de televidentes que fagocitaban la imagen de Sophie Mass. Todos juntos me habían llevado al delirio, acorralado con la envidia y mutilado mi libertad con sus insidias. Ella, entre mi-

* "Los ángeles, ni en el cielo tan felices / como nosotros, nos envidiaban. / Esa fue la razón (como todo el mundo lo sabe / en este reino junto al mar) / que bajó ese viento de las nubes helando / y matando a mi Annabel Lee."

llones, me había preferido a mí, y aunque fuese ella la más anónima de las tenistas en un club de provincia, yo la hubiera amado igual. Pero era la fama la que la hacía apetecible, la que convocaba a su alrededor la tragedia. El círculo infinito de fanáticos hacían brujerías para apartarme del camino de Sophie, pinchaban muñecos, lamían cordones umbilicales de lactantes, desangraban sus muñecas para que yo fuera de tumbo en tumbo, para que apareciera un revólver cargado entre mis dedos en el momento inoportuno, para que un fascineroso me pudiera fotografiar desnudo en sus brazos. ¡Qué ejército de asquerosos serafines preparaban mi ruta mortuoria!

En el pavor del par de metros cuadrados, me adormecía, e instigado por la fragilidad de Annabel Lee, producía sueños tan reales que con frecuencia los guardias acudían a despertarme trayéndome una gaseosa. Me imaginaba el rigor del invierno en Fordham, la nieve convulsa, un viento de piratas que se filtra por una ranura de la pieza de Annabel Lee. Es ella quien agoniza de tuberculosis y no la hija de la tía de Poe, Mrs. Clemm. En la hosca chimenea no hay un solo leño. Un anciano doctor, amigo del poeta, envuelto en *dos* abrigos toma la muñeca de la muchacha, e impotente espera el desenlace. Poe viene hasta la cortina, la corre un trecho, y mira hacia la distancia, cual esperando un milagro en el que no cree. Entonces surjo yo en el paisaje. Es la segunda mitad del siglo diecinueve pero me trae un contundente Packard de los años cincuenta. Piso voluntarioso sobre la nieve, y sumergido hasta las rodillas logro llegar hasta la puerta. Traigo en mi maletín las drogas maravillosas de nuestro siglo. Cual un ángel anuncio la buena nueva de la penicilina y la vacuna. Grito con júbilo, ante la devoción de mi colega, el nombre de Koch. Aplico con certeza inyecciones en los frágiles brazos de la musa del poeta. Al cabo de minutos, una ráfaga de color le alienta las mejillas. Sus ojos se despejan. Desde el fondo de sus pupilas, ya entreveradas en la muerte, salta un zarpazo de vida. El poeta maldito *cree* en Dios. Seca sus lágrimas en la manga de mi abrigo. Me pregunta cómo me pueden agradecer este prodigio.

—Lo hago por Sophie —digo, y bebiendo con ellos una infusión de té, comienzo a narrar mi drama desde el jubiloso entrenamiento en Berlín hasta las galeras en Londres. Poe me oye con ojos alucinados. Lloro. Grito por mi libertad. El cordial guardia está junto a mí ofreciéndome una cola con abundantes cubos de hielo.

Entre medio de mis lecturas, llega un día un gordo sobre de Berlín, expreso, aéreo y certificado. En el extremo superior, el rotundo sello del gabinete de Ana von Bamberg. Contiene una demanda de divorcio y una serie de formularios para que me allane a una plausible separación de bienes. Esas miserias no me incumben. En la esperanza de un hombbro fraternal, acudo a la carta manuscrita de Ana, esta vez en solemne papel de pergamino.

"Querido Raymond:

He oído horrores de las cárceles inglesas. Prefiero no deprimirte dándote detalles del impacto que causó tu conducta en mi padre. Sólo su excelente estado físico, al cual contribuiste con tu asesoría, y tu participación como su rival en el tenis, evitó que sufriera un infarto. Tú no sabes cuánto te quería, y qué difícil le ha sido prescindir del afecto en las medidas que tomó. Sé que viene un duro golpe, mas tengo el deber de anunciártelo. Tu consultorio fue cedido a Mollenhauer, quien recibe de mi padre facilidades de pago tanto por la casa misma como por las instalaciones médicas. Tocante a esto, no tienes nada que alegar pues nunca estuvieron los papeles a tu nombre. Papá te cedía un local por tiempo indeterminado para que lo explotaras sin pagarle arriendo, en el entendido de que tus entradas iban al caudal de la familia. En **vías de** disolverse esta entidad, semejante práctica pierde su sentido. Otra cosa es con nuestra casa. La villa está inscrita a nombre de ambos, y no puedo tomar ninguna decisión sobre ella sin que tú la autorices. Hay varios caminos legales para resolver eventuales conflictos. Uno es vender nuestra propiedad común y repartir el producto entre ambos por partes iguales. Presumo que esta alternativa te gustará pues conozco el precio de los abogados en Inglaterra. La otra posibilidad es la que sugiere (en verdad *exige*) mi padre. En vista de tu conducta *disoluta* (adjetivo de él) y los daños y ofensas gratuitos (sustantivos, verbos y adjetivos de él) infligidos a la familia, se impone una caballerosa compensación de tu parte, a saber, una carta informal dirigida a mí mediante la cual renuncias a la mitad que legalmente te corresponde y me la traspasas sin más trámite a mi nombre. No sé qué más decirte. Me imagino que sufres y lamento no estar junto a ti, pero respeto tus decisiones por mucho que me hayan herido, y por mucho que me perjudiquen. No sé si lo obrado es compatible con los reglamentos del penal, pero he comprado en Harrod's por cable una docena de Dom Perignon y pedido que el sábado la hagan llegar a tu celda. Lo único que no puedo ingeniar desde la distancia es que te lleguen a la temperatura ideal. Escríbeme al gabinete, y por ahora, no intentes establecer ningún tipo de contacto con papá. Ya debes pasar bastantes malos ratos para inferirte gratuitamente otros peores. Con el cariño de siempre, tuya, Ana.

PS: Firma al final de cada página la conformidad por mi demanda de divorcio. Los espacios en blanco los llena mi secretaria.

Más temprano que tarde aprendí que el infierno de la prisión no es tanto la reducción del espacio vital a un cuarto entre rejas, sino la espantosa dilatación del tiempo. Nunca llega la carta esperada, nunca viene el abogado a la hora que prometió, nunca se manifiesta Sophie por cualquier camino que su ingenio labrase, nunca trae el correo el permiso para que pueda entrar el champagne a mi celda (a pesar de que declaré en mi solicitud que el Sábado era nuestro aniversario de bodas con Ana).

Para evitar el bochorno de las bromas soeces de esos palurdos de Liverpool, decidí no acudir más a la sala de televisión y seguir en cambio el torneo de Wimbledon

en una mínima radio portátil que le compré a precio de
oro al guardia de las mañanas. Este hecho fue la única
acción alentadora durante los primeros días: si el vigilante me vendía un detrito japonés por abrumadoras
libras, significaba que tenía vocación para ser corrupto,
y quizás, si me tomara la indignidad de aceitarlo un
poco, me traería el Dom Perignon —que le pagaría al
precio que pusiera— directamente del refrigerador.

El día viernes Sophie jugaba los cuartos de finales
contra una rival norteamericana, y me apresté a oír el
match con la radio entre las sábanas, sobre mi corazón,
alentándola para que triunfara. Precedió al match una
entrevista al empresario Forbes quien consignó datos y
calumnias. Los datos: estadio lleno con un *borderó* que
aseguraba la noble expansión del "blanco deporte" en
Inglaterra. La calumnia: que el imán para ese gentío era
sin duda Sophie Mass, quien libre de ese sátrapa de
malas pulgas que debe amortiguar ahora su salvajismo
en la cárcel, despierta interés de nuevos galanes, quienes
vienen tanto a disfrutar de su técnica, como a disputar
una sonrisa que los acerque a su corazón. En este punto
el animador se permitió la siguiente broma, que Forbes
no replicó con un puñetazo en el hocico, como el decoro
indicaba, sino con una complaciente risotada: "De modo
que usted cree que Sophie Mass ganará hoy en tres
sexs".

En cuanto comenzó el partido la excitación fue reem-
plazada por la pesadumbre. Ya en el primer *game* mi
amor cometió dos dobles faltas, tres de sus famosos
saques con efecto *twist* fueron a dar fuera de la zona, la
única "dejada" que intentó fue a morir en la red. Perdió
el *game*, perdió el *set*, y perdió el *match* en el tiempo
récord de cuarenta minutos seis a cero, y seis a uno. Cual
epílogo de la catástrofe, la radioemisora extendió el
micrófono a la condesa von Mass. Con perfecto dominio

de un tercio de la lengua de Shakespeare usó una expresión favorita del mozalbete alemán para explicar su derrota: Sophie no había estado *mentalmente* fuerte. Las razones eran obvias: un amigo muy querido se debatía en el hospital entre la vida y la muerte y su médico, promovido a asesino, empollaba una condena en la cárcel. En otras circunstancias, la rival norteamericana hubiera sido ganable.

Como ya lo dijo el doctor Sullivan: *Alone again, naturally.* Ahora no quedaba otra cosa para sobrevivir que alimentar ilusiones o destruirlas meticulosamente. Aunque mi pobre mente era una amalgama de niebla y noche, hice un esfuerzo por precisar un objetivo para mi vida.

Pues bien, no había más que uno. Vivir con Sophie. Protegerla, alentarla, besarla, hacer el amor con ella, ser su tutor, su esclavo, su estropajo.

Objetivo definido, correspondía diseñar una estrategia para alcanzarlo. Propedéuticamente era preciso detectar los obstáculos en la consecución de mi meta. Cuando comencé a enumerarlos y vi que no me alcanzaban todos juntos los dedos de los pies y de las manos, pedí a Lawford un cuaderno y llené tres páginas con barreras siendo la menor la de los barrotes de mi celda y la mayor la posible carencia de amor de Sophie hacia mí. Las consideraciones preliminares se referían al rubro *alimentar ilusiones*. El capítulo *destruir esperanzas* debía comenzar por la aniquilación de Sophie en mí. Me imaginé que ése era el discreto mensaje de mi abogado al poner a mi alcance bencina con que apagar el fuego. Su tratamiento con *electroshocks* no consistía sólo de báquicas orgías, según las plumas doctas o graciosas de Suetonio, Horacio y Juvenal, que debieran contribuir a mi pesadilla de imaginar a Sophie en brazos de otros, sino también de las obras completas de Cátulo en versión bilingüe inglesa-latina, *Oxford Classics*, anotada, que recogía con pelos y señales todos los insultos con que el locuaz lírico alhajara a su infielísima Lesbia. La pretensión de Lawford era sin duda una etapa profiláctica para embestir a los tribunos con la estrategia del *legalismo mágico*: quería conseguir que yo aprendiera de memoria Cátulo hasta que sus maldiciones a Sophie (escribí "Sophie" en vez de "Lesbia"), abundaran en mi boca, se grabaran en mis nervios, y considerase entonces de lo más natural que ante los jueces se presentara mi caso de ceguera y demencia temporal como un efecto obvio de una chica casquivana en vías de doctorarse de *femme fatale*.

Este segundo camino equivalía sin embargo a un suicidio: significaba ver bajo un lente morboso al amor más intenso del que me hubiera dotado la vida. Si lo emprendiera, quizás llegara a alcanzar la paz del limbo, sin futuro ni recuerdos, un estado mental que se llevaría de maravillas con el eterno tiempo carcelario. Pero el precio de esta decisión era digno de un usurero: alterar la imagen de Sophie para mascarla y escupirla sólo me conduciría a un vacío mucho más terrible que el de la rutina que ella había trastocado con su estelar aparición en mi historia.

Por innoble que parezca, consigno aquí que al no tener noticias de Sophie en los dos días siguientes a su derrota en Wimbledon, me aprendí de memoria el poema treinta y siete de Cátulo. Y paré en él por razones que están a punto de revelarse. Sophie no me llamaba, ni visitaba, ni escribía. Tal vez hubiera abandonado Londres dejando en *chirona* a la sombra de la sombra de su perro. De este ánimo lúgubre me sacó mi abogado Lawford un mediodía en que el sol vertical cocinaba desde el techo mi celda.

Tras disculparse por no haber venido tres días atrás, cual pactado, dijo que traía novedades espectaculares. Se desató el nudo de la corbata, y hurgando en su maletín extrajo un sobre con el cual se golpeó cual un *clown* la frente.

—Ignoro lo que este sobre dice, pero no ignoro lo que *yo* tengo que decirle. Esta es una carta que le manda su víctima, Pablo Braganza.

La cogí y la puse con ceremonioso ademán sobre mi cubículo.

—Si escribe, vive —filosofé.

—No pude conseguirle radiografías ni informes clínicos porque los tienen bajo siete llaves y siete perros sabuesos. Pero el enfermo mismo me confidenció que su vida no sólo no corre peligro sino que espera que la próxima semana le den de alta. En mi presencia escribió el mensaje que le entregué.

Fui hasta la rejilla y miré durante un minuto un partido de básquetbol entre presos hindúes y pakistanos, quienes disparaban sin puntería hacia el aro sin mallas. Hice el gesto de golpear una bola de fantasía con una raqueta imaginaria.

—¿Qué significa para mi proceso la mejoría de la víctima?

—De "crimen perfecto", con muerto y todo, a "intento premeditado de asesinato" con cliente vivito y coleando: diez años menos de cárcel. Lo felicito doctor Papst.

—Y hablando en plata, ¿cuánto sería eso?

—Hablando en plata, significa que con un poco de

suerte, puedo conseguir que no me lo tengan más de diez años adentro.

—¡Diez años! Dígame doctor Lawford ¿no tendría la bondad de conseguirme otro abogado?

—Podríamos probar encausar la defensa en la tesis *demencia temporaria* que les resulta a todos extremadamente ridícula (justamente porque toda verdad es ridícula, tuvo la gentileza de acotar), pero que tendría la ventaja de permitir un poco de teatro en la corte con el cual siempre se impresiona a algunos de los jueces, quienes lucharían por conseguirle la pena por "homicidio premeditado con atenuantes en su grado mínimo". ¡Digamos, hablando en plata, siete años. Un *bocatto di cardinali*!

—¿Y cuáles serían los atenuantes?

—Cátulo.

Tenía los labios secos. Pasé sobre ellos la lengua y pensé con melancolía en las botellas de Dom Perignon confiscadas en la recepción del penal.

—¡Siete años! —suspiré.

—La ninfa veintidós, y usted cincuenta y ocho. ¡De chuparse los dedos!

—¡No quiero una sola palabra contra Sophie!

—Doctor Papst, usted es romántico hasta la necedad. Con esa conducta me ata de pies y manos. Un juicio con un poco de salero sería algo que alegraría la rutina de los jueces y confirmaría mi fama. Lo otro sería que en esa carta hubiera buenas noticias.

—¿Como cuál?

—Por ejemplo, que el joven se desistiera de la querella.

Las mejillas se me agolparon de sangre. Levanté el pañuelo para secarme la frente.

—¿Deberle la libertad a mi rival?... ¡Prefiero un *harakiri* antes que ese escarnio!

—No es fácil defenderlo. Si se contenta con triunfos morales, va a salir tan viejo de la cárcel que no va a tener con qué animar a su amada como no sea con la labia.

Había usado la ambigüedad con más discreción que el meritorio traductor mexicano.

—¿Qué hago entonces?

—Para empezar abra la carta.

Rompí el sello, y mientras lo hacía, vi que una franja de adhesivo transparente cubría el engomado. Posible indicio de que alguien ya la había abierto: el fiscal, el juez, un guardia, o mi abogado. Le extendí a éste el sobre, haciéndole una mueca sospechosa y me sumergí en el mensaje.

Papst:

¡Rata de rata, excremento de filibustero, matón de esquinas, gangster de las tinieblas, pistolero *yanqui*, cornudo de la mejor cepa, salivoso sátiro, castrado gallinazo, purulento sarnoso, parido traidor y arribista, pericote de alcantarillas! Lamento que aún no me den de alta, pues me hubiera gustado gritarte todo lo anterior en tu cara. Nunca pensé que eras así de cobarde: yo te he disparado metáforas y tú me has disparado balas. No sabes perder, ridículo majadero y lameculos, y sólo atinas a la violencia, que es la razón de las bestias. ¡Pero no me agarraste, cabrón! Sophie estuvo de visita y me confirmó su amor. En cuanto salga de ésta, nos vamos a dar un festival de cama y trataré que los goznes de los resortes del colchón chillen hasta reventarte los tímpanos. Tu abogado me dice que tras haber sobrevivido este intento de asesinato, puede que te rebajen la pena.

Quiero asegurarte que me hubiera gustado haber muerto para que te hubieses podrido en la cárcel. Cuidaré que mis abogados te echen unos veinte años. Te tendré al tanto de mi vida con Sophie y te enviaré de regalo libros. Consuélate con la literatura, bellaco, rufián, chulo, alcahuete, canalla, pichicatero, charlatán impotente, chapucero, chambón, charro, chabacano, pendejo, cagón, sapo viejo y asqueroso.

Tu seguro amigo y servidor,

Pablo Braganza.

Giré y de un brinco me aferré a los barrotes y los sacudí como si fueran ellos los que impedían que el aire llegase a mis pulmones. Me sentí al borde del soponcio. Me faltaba oxígeno. Una cucaracha bajaba por el fierro y estuvo a punto de trepar en mi mano. La aplasté de un puñetazo, y corrí hasta el lavabo a punto de vomitar.

—Tiene que sacarme de aquí —le grité al abogado.

—Haremos lo posible. Siete, quizás seis años.

—¡No! Ahora mismo.

—Doctor. Soy sólo un abogado, no el gran Houdini.

El resto del día y toda la noche fagocité la minibiblioteca fantástico-judicial de los asesores de Lawford:

El *Génesis*, por el caso de José y la mujer de Putifar donde el buen casto termina en *chirona* por las insidias de la mujer, con la agravante de que en prisión se convierte en psicoanalista y le analiza los sueños a sus camaradas.

Muerte en Venecia, en el entendido de que las tribulaciones del protagonista eran, con mucho, más complejas que las mías, porque salvo que yo hubiera mentido en las páginas precedentes, tuve como Romeo al menos una noche de amor, no como el pobre Aschenbach quien tuvo que sancocharse dos veces hasta agonizar: primero en sus pensamientos y segundo bajo el pestilente sol de la playa veneciana, logrando así una novela alemana inmortal pero una muerte de mierda.

Luego *Tatiana,* la minúscula cellista que vía Dvorak y Bach se había casado con mi colega Boris Michailowitch

Leventieff a los trece años sólo para morir congelada por un ventarrón al cual se inmolaba con las razones del desatino ruso.

Y después, de una zampada, *La tregua* de Benedetti, donde Laura Avellaneda, quien con su juventud ha reincentivado la vida del jubilado Martín Santomé, decide morirse sin dar un indicio.

Y por cierto *Lolita*, con mi compañero de galera Humbert Humbert, y amante de la nena, quien me era presentado por el equipo de Lawford para que distinguiera mi caso de un homicidio con premeditación, cual es el que ejecuta Humbert Humbert contra Quayle: le dispara una batería de balas, recarga el revólver, le hace leer un testamento, y finalmente rechaza con asco que se le impute un homicidio casual con los mediocres argumentos convencionales que yo me veo obligado a ofrecer más en honor a la verdad que la literatura, pues Nabokov escribía un libro y yo sólo mi vida: *I may have lost contact with reality for a second or two —oh, nothing of the I-just-blacked— out sort that your common criminal encats; on the contrary, I want to stress the fact that I was responsible for every shed drop of his bubbleblood**, es decir que él, como figura trágica asumía la responsabilidad total de cada gota de la alcohólica sangre que hiciera derramar a Clare Quilty, en tanto que yo como paródico antihéroe postmoderno, debía repetir el texto del *black-out* de los *films B* que ya Nabokov había ironizado *avant-la-lettre*.

Y luego como si el compañero Cátulo no fuera sufi-

---

*"Puedo haber perdido contacto con la realidad por un segundo o dos —pero nada del tipo *se me borró la película*— que cuentan los criminales comunes: por el contrario, quiero enfatizar el hecho de que yo era responsable por cada gota derramada de su banal sangre."

ciente con sus exhibicionistas resentimientos contra su
Lesbia, cuyo nombre real al parecer era Clodia Metelli,
de quien el erudito Frodyce señala que era diez años
mayor que el poeta y no sabrosos treinta y siete años
menos como en mi caso, tuve que contrastar mis celos
vía párrafo marcado en *El túnel* de Sábato cuando el
pintor Juan Pablo Castel acuchilla a su María, hace que
su marido ciego se ahorque de dolor, y comenta que *yo
había visto a esa muchacha y había creído ingenuamente que
venía por otro túnel paralelo al mío, cuando en realidad
pertenecía al ancho mundo, al mundo sin límites de los que
no viven en túneles; y quizás se había acercado por casualidad
a una de mis extrañas ventanas,* donde el mensaje implícito de Lawford era que me admitiese a mí mismo
como la rata de alcantarilla que me había cantado
Braganza, pericote de túnel, roedor de rejas, y dinami-
tase la memoria de Sophie, la reina de los anchos
espacios luminosos, la ajena, la múltiple que destellaba
con una luz infinita cada vez que un fanático oraba su
nombre en los bulliciosos estadios o en la intimidad de
sus sábanas y no quiero hablar de satánicas *Lilith, Rabha,*
y la *Carmen* de Merimée y la *Dolores* de Swinburne y *La
Belle Dame Sans Merci* de Keats.

Hacia el amanecer sentí punzadas en el vientre como
si más que leerlas me hubiera comido las cientos de
páginas de esos libros. Hacía calor y además tenía
fiebre. Con todo, mi destino era algo menos miserable
que el de la galería de héroes con que me había atormentado. En la mayoría de los casos moría la heroína a
manos del celoso, en la otra variante era asesino el rival,
y en otros textos los autores despachaban a la muchacha al cielo por imprevista enfermedad (Poe, Goetz,
Benedetti). Hablando en plata, mi situación era casi de
novela rosa, comparada con la de esas señoras y señores:
mi rival, perforado y todo, vivía y se aprestaba a masa-

crar colchones; mi amor, derrotada en Wimbledon y
todo no tenía por qué clausurar su carrera a punto de
incurrir recién en los dieciséis años, y Raymond Papst
no había perdido más que su mujer, su consultorio, su
casa, su herencia, su limousine Oldsmobile, su amada,
su prestigio y su libertad. Total, nada serio. Animado
por estas reflexiones decidí propinarle cuatro frescas al
señor Braganza, y para no ascender al nivel de su
encendido estilo epistolar, me hice representar por el
poema *Treinta y Siete* de Cátulo:

> *puella nam mi, quae meo sinu fugit,*
> *amata tantum quantum amabitur nulla,*
> *pro qua mihi sunt magna bella pugnata,*
> *consedit istic, hanc boni beatique*
> *omnes amatis, et quidem, quod indignum est,*
> *omnes pusilli et semitarii moechi;*
> *tu praeter omnes une de capillatis,*
> *cuniculosae Celtibariae fili,*
> *Egnati, opaca quem bonum facit barba*
> *et dens Hibera defricatus urina.*

Es decir:

Pues mi chica, que huyó de mis brazos,
que era más amada que lo que nadie puede
ser amada,
aquella por la cual yo brindé grandes batallas,
fornica aquí. Y todos ustedes gentiles nobles
se la cogen, junto a los depravados y
prostibularios.
Entre ellos *tú* con tu larga melena
que vienes de España, el país de los conejos,
que te jactas de tu barba afirulada
y que te enjuagas los dientes con meado.

Las desventajas de enviar estos versos eran múltiples,

pero la fiebre, el rencor y la asfixia no me servían de buenas consejeras.

Decía sobre Sophie, en una carta privada, exactamente aquello que me negaba a afirmar en público. Si la muchacha la leía alguna vez y su conducta difería de aquella de la cual el joven rival se jactaba, acertaba yo medio a medio con una injuria.

Un texto como éste, que me permití traducir con distorsiones y énfasis que llamarían a escándalo a los filólogos, mostraba mi despecho sin inhibiciones. Pero lo cierto es que Sophie *no* me llamaba, *no* me visitaba, *no* dejaba recados con mi abogado, y había decretado que no existía el doctor Raymond Papst. Por otra parte, el locuaz ibérico me había puesto con su penúltima carta en esa desesperante pista que Sophie había confirmado en su noche de amor, en París: tenía entonces mi propio muro de los lamentos. Por mucho que Braganza me fuera antipático, no podía dejar de reconocer que sus relatos eran plausibles.

Otro aspecto influía en mi elección de Cátulo como *go-between*. La enorme casualidad de que al final de ese verso apareciera un personaje español venido de la tierra de los conejos con amplia melena y barba afectada que se enjuagaba sus irónicos dientes con orina: lo único que no se ajustaba a un retrato realista de Braganza era la barba, pues el joven abundaba capilarmente sólo de las orejas para arriba. Pero el resto era meticulosamente cierto. Que Cátulo lo pusiera K.O. llenaba mi corazón de un secreto júbilo y lo alentaba a la insensatez de despachar esa misma noche la carta.

Cuando trajeron el desayuno, entregué la esquela al guardia, junto con cinco libras, tres para él y dos para que lo enviase por correo expreso. Bebí un café con leche, y me dispuse a dormir, hirviendo de impaciencia. Quería que el mensaje estuviera en manos de Braganza antes de quedarme dormido. Me lo imaginaba con el hocico abierto, vomitando bilis por la comisura de los labios. Justo en ese momento cantó el excéntrico gallo de un vecino, y cinco minutos más tarde fue creciendo la algarabía de los pájaros. En medio de ese concierto, concilié el sueño, y anidé las pesadillas.

La primera imagen era la de un mar gris que levantaba olas de algas turbulentas. Una suerte de océano de estiércol, con ferocidad de avanzada de panteras.

En el borde de la playa, un frágil joven sostenía un diálogo con el sol, y rotaba sus caderas cual si los rayos le imprimiesen ese movimiento a su piel, mientras ascendía lenta e infinitamente una mano hacia las cejas para protegerse de la luz y una bandada de gaviotas lo acechaba en círculos y el mar le mojaba los pies y luego se recogía arrastrando restos de moluscos y desperdicios. Luego, el adolescente giraba y su perfil altivo destacaba cual un mazazo bajo la claridad vertical del mediodía. Era real y al mismo tiempo una figura tallada en relieve sobre un vitral. Su cuerpo parecía componerse de trozos multicolores de cristales. De pronto el chico desvió totalmente el cuerpo hasta enfrentar la costanera y sus brazos se desprendieron invitadores del cuerpo. Intenté discernir a quién iba dirigida esa oferta.

Hacia una figura tensa sobre la silla de playa en actitud de levantarse rumbo al joven que esperaba. Supe que el hombre era Aschenbach, el héroe de *Muerte en Venecia* de Thomas Mann, y que en segundos su corazón reventaría y su rostro desharía en gotas grasas como en una opereta de última categoría. Corrí hacia él sobre la arena calcinante con el texto que él especuló decir y que se tragó hasta la muerte. Tomaría su pelo entintado sobre mi pecho, lo reclinaría con mansedumbre sobre la silla multicolor, y le diría: *permítame que un completo desconocido le dé un consejo y una advertencia que el egoísmo de otros les impide dárselos: Váyase. Váyase de aquí de inmediato. Olvídese de Tadzio.* La pestilencia no está en la ciudad ni el viento que arrastra murciélagos y escalofriantes arañas. La ponzoña está en ese cuerpo que adora. En esa alucinación que se equilibra al borde de la playa cual si caminase sobre una cuerda tendida en el horizonte. No crea en la santidad de esos vitrales, repudie la tersura de esa piel. Si lo tocara se desharía en sus manos temblorosas. Si es un ángel, es el rebelde, el auriga que le pavimentará el camino al infierno. ¡No se muera Gustavo Aschenbach en vano! No hay belleza en el engaño, lo sublime es inútil. Acepte este consejo de un compañero de galera. Relájese, descanse, aspire hondo. Tenía mis manos empapadas de sudor y tinta, cuando desde las mejillas de Aschenbach me subió la temperatura de la muerte.

Era instantáneamente de noche. La arena ardiente se opacaba, el frío ascendía hasta mis rodillas. En la penumbra de la distancia un cartel luminoso despedía el parpadeo de un neón cuyo lema no era distinguible. Más al fondo, una luz filtrada por una cortina ocre era la única señal de vida. Eché a caminar con ese rumbo envuelto en la rústica saya de mi cama de prisionero. A medida que me acercaba, comprendí que mi misión era ahora desprenderme de la mortaja fúnebre y cubrir con ella a la chica cuya figura se hacía nítida en el ventanal. Reinaba un frío de lobos y en esa noche sin luna, el cartel de neón formaba una palabra de tres letras verdes. Cuando llegué, la mirada prendida en una distancia indefinible, el viento de escarcha fustigaba la camisa

leve de la muchacha y a veces le desprotegía un hombro
y un seno apenas protuberante sobre la piel infantil. La
cubrí con mi saya; su cuerpo de nieve era casi una
bendición para mi fiebre visceral. Besando sus párpados la acosté en el lecho de Boris Michailowitch Leventieff,
el personaje de la novela *Tatiana*, de Curt Goetz. Mañana
despertarás y estarás sana, le decía con voz secreta.
Tendrás un sueño, un ángel alucinado y convulso te
estrechó en sus brazos y te salvó de ese horizonte de
destellos siderales que te hipnotizaba en la intemperie.

Desperté con escalofríos que me hacían brincar en el
lecho. No quise intentar volver al sueño, convencido de
que mi inconsciente me preparaba un carnaval de alucinaciones en torno a Sophie. Me lo comprobó el minuto
de pereza en que volví a cerrar los ojos, y en el lecho de
Tatiana estaba Anabel Lee, y en mi labio no el verso de
Poe, sino *La cruz de nieve* de Longfellow: *a gentle face, the
face of one long dead looks at me from the wall, where round
its head the night lamp casts a halo of pale light.**

Pedí a gritos al guardia y me quedé jadeando contra
los barrotes como un perro escapado de la pesadilla.
Ahora odiaba los abismos de mi intimidad. Hubiera
deseado que me procurara imágenes torvas de pasión
libidinosa, de ajusticiamiento del enemigo, de placer
infinito en la carne de mi amada, de levitación al roce de
su lengua en mis lóbulos, y en vez de eso me veía una
y otra vez domesticado, un pobre tigre de probeta, un
pumita de alcoba, un ángel samaritano y bonachón,
más parecido a un pajarraco que al fauno cabrío que
quería reivindicar frente a mí mismo para compensar el
equilibrio perdido en la vigilia.

---

* "Un noble rostro, el rostro de alguien muerto hace mucho
tiempo me mira desde la muralla, y alrededor de su cara la luz del
velador forma una aureola."

El guardia volvió con tres hombres de blanco, dos de los cuales mascaban *chiclets* con aire suficiente, mientras que el otro, impregnado de autoridad, inmediatamente me impresionó como psiquiatra. En cuanto abrieron la reja me extendió la mano y me la apretó muy colegialmente. Después echó una mirada a los libros, y los apartó para sentarse en la punta de mi húmedo lecho.

Hojeó con indiferencia los poemas completos de Poe, y luego se acarició la barbilla. Por un rato mantuvo la vista en mis pies desnudos, y recién en ese instante comprendí que estaba desnudo, envuelto en la sábana, igual que en la pesadilla. Me palpé la mejilla y sentí la barba áspera. Qué coreografía de lujo para un psiquiatra. Alzó la vista, y me sonrió:

—Así que otra noche luchando contra molinos de viento, mi señor don Quijote.

La sonrisa con la cual había respondido a la suya se me deshizo. Tensé los músculos faciales, y en un arrebato, cogí el termómetro de la mano del guardia.

—Tengo una fiebre que me vuelo, doctor. Necesito una aspirina y no un manicomio.

Hizo un gesto invitándome a que me hundiera el utensilio en la boca, cosa que hice con ademán agresivo. Abrió la Biblia hacia la mitad del volumen y se detuvo un minuto entre las páginas centrales. Luego vino hasta mí y me extrajo el termómetro con un seco tirón, como quien desclava una espina.

—"Cuarenta", colega. ¿Cómo hizo para agarrarse esta temperatura?

—No hice nada. Vino.

—Ya que yo me especializo en virus de la cabeza, algo más intangibles que los suyos, permítame pedirle un autodiagnóstico.

—Resfrío.

—¿Cómo le *vino*?

Aun en medio de esa olla a presión me asaltaban ráfagas de lucidez. Al subrayar el vocablo *vino*, el psiquiatra lo diferenciaba de la palabra *hizo*. Es decir, estaba investigando si yo me había autoconfeccionado la fiebre. Con qué objeto se me revelaría de inmediato.

—Mientras dormía transpiraba. Inconsciente me desprendí de la cubierta. El sudor se me heló. Gripe.

—De modo que quieres pasar una temporadita en la enfermería, Raymond.

Había que prestar atención a ese tuteo vinculado a la palabra enfermería. De pronto me lo imaginé un lugar orgiástico, en todo caso mejor que esta pocilga donde la única entretención eran mis alucinaciones. Esa era entonces la diferencia entre *hacer* y *venir*: la enfermería.

—Por supuesto, chico. Me muero por unos días de jarana —dije.

—Conforme. Y en cuanto te baje esa calentura, vamos a conversar sobre las cositas que se te pasan por la cucusa en las noches.

—Lo que tú quieras, muchacho. ¿Cómo te llamas?

—Donald Ray Jr. Mis amigos me llaman *Duckie*.

Hicimos en un dos por tres un bulto con mis artículos de aseo, el pijamas, un par de camisas, y cuando me aprontaba a coger los libros, el psiquiatra me detuvo.

—El picnic será sin merienda. Para ver por dónde te patina, tenemos que despoblar de fantasmas tu materia gris. De modo que deja toda esa butifarra en la celda.

—Como tú digas, muchacho.

Mientras descendíamos la escalera, con los dos robustos guardianes en deportivo silencio, el doctor Ray Junior me apretó el codo y me dijo confidencial:

—¿Te estás haciendo el loquito para que te declaren inocente, o estás realmente *for-fly*?

Le di un colegial palmotazo en su docta espalda.

—¡*For-fly*, *Duckie*! Total y absolutamente ¡*for-fly*!

Mi diagnóstico estuvo estupendo. Esa misma noche se detectó una inflamación de las amígdalas. Cuando se llenaron de puntos purulentos, un asistente tomó una muestra, y al día siguiente el laboratorio emitió su informe: en mi garganta tenía lugar el campeonato mundial de estreptococos. La enfermera me preguntó con agradable reconocimiento de las jerarquías, qué quería que me administrara.

—Inyécteme un litro de la popular penicilina —dije, atento al nuevo recinto, que con sus amenidades me sacaba a ratos de mi obsesión por Sophie.

Después de la bomba de antibióticos y de un arsenal de tranquilizantes que el colega *Ray* me metió en un champañito clandestino, dormí como nunca; y si tuve un sueño, fue tan apacible que no recuerdo nada. Desperté en medio de una noche cerrada, sin que sintiera otro ruido que el de los sapos, proveniente de quién sabe qué charco lejano. Había una luna ampulosa, de modo que no tuve necesidad de encender la lamparilla para ver que los barrotes de este hospital eran tan rigurosos como los de mi celda. Cogí el termómetro del velador, y al cabo de un minuto, leí lo que mis sentidos me indicaban: la temperatura era normal. Excelente tregua para diseñar una estrategia en el futuro.

¿Había cambiado el objetivo de mi vida?

No.

¿Qué quería?

¡Sophie!

¡Hambre de Sophie, sed de Sophie, celo y cielo de Sophie, ombligo de Sophie, rotundo primaveral carnal pezón de Sophie en el centro de mi destino! ¿Había cambiado las condiciones desde mi último balance?

No, señor.

Ninguna noticia de ella.

¿Significaba esto que ya no me amaba? Probablemente, pero incierto.

Mientras no me dijera ella con su lengua y sus dientes que me extirpaba de su vida, no le creería una palabra a nadie. Ni a la madre, ni a Braganza, ni a la prensa, ni a los prisioneros que me hacían cuernos con los dedos cada vez que pasaba a su lado.

Fui hasta los baños, me duché escrupulosamente, y luego me afeité al ras. Aprovechando el liberalismo que reinaba en la enfermería e inmediaciones, conseguí por un par de libras un poco de colonia, con la cual me embadurné como un bebé, y me vestí con chaqueta, camisa de cuello duro y corbata. Cualquiera que me hubiese visto, hubiera creído que estaba a punto de atender a alguno de mis pacientes, y no que iba a volver a actuar mi rol de enfermo *cucú* para otro médico. En mi habitación hice un esquema con la estrategia para persistir en la enfermería. Se trataba en primer lugar de despertar la simpatía de *Duckie* con algunos síntomas que lo entusiasmaran, que lo entretuvieran, y que por ende lo animaran a tenerme como cliente en largas sesiones de sofá. De a poco le iría salpicando mi *curriculum for-fly* con los jalones de mi amor hacia Sophie, en la secreta esperanza de conseguir no tanto su piedad, como su complicidad.

Porque he de decir que estando en claro con mi objetivo, mi meta ahora era la fuga de la cárcel para cumplirlo. Un doctor Raymond Papst después de siete o diez años de cárcel sería un remedo de hombre y aunque la dulce Sophie en sus torneos en Londres me visitara una vez al año trayéndome poemas y chocolates, estaba claro que quienes me profetizaban cuernos y lenguas no lo hacían para molestarme sino para moverme a posiciones realistas.

Ergo, habría que tomarse las de Villadiego. Espiantar, echarse el raje, poner los pies en polvorosa, apretar cueva, disparar, echarse el pollo, según las expresiones que fui aprendiendo de los colegas latinoamericanos cautivos en el penal.

Después del desayuno, que consumí voraz bajo el estímulo de estos nuevos planes, la enfermera me dijo que en cosa de media hora me visitaría el doctor Ray Junior para hablar largo y tendido de mi caso. Le dije que me alegraba, y me volqué al trabajo de ampliar mi esquema. En eso estaba, cuando oí golpes a mi puerta. Esta amabilidad se ignora en las cárceles, donde quien más quien menos entra derribando el portón a patadas cual un John Wayne cualquiera. Para corresponder a esa gentileza no grité *pase* sino que fui hasta la puerta y la abrí suavemente.

Era Sophie Mass en persona. Su leve figura estaba enmarcada por dos gruesos guardias que me recordaron muy oportunamente que no estaba en un hotel de turismo. Vestía un traje sastre gris, y había incurrido en el delirio de poner en su cabecita un sombrero de fieltro color granate con un velo del mismo color que le cubría los ojos, al estilo de los años cuarenta. Esta imponente coreografía se apoyaba en dos agudos tacos que la elevaban cinco centímetros sobre su estatura real, de los cuales subían unas medias que se enredaban sibilinamente hasta muy avanzados los muslos. El traje sastre no remataba bajo las rodillas, sino en una minifalda generosa con los umbrales de las partes más secretas de su piel.

En el mismo marco de la puerta se encumbró un poco y puso un beso en mi mejilla. Yo tomé sus pómulos entre mis manos y la miré muy fijo, sabiendo que ningún beso podría agotar todo el amor y el deseo de ese instante.

Cogí una mano de Sophie; la senté en la única silla tras apartar las hojas con mis anotaciones febriles, y yo me senté al borde de la cama sin soltar su mano.

—Tienes tanto que contarme —le dije.

—¡Para eso habrá tiempo! Ahora escucha bien, pues no sé cuánto rato me permitirán quedarme. Este fin de semana comienza el torneo de Los Angeles y debo partir el viernes. Puede pasar algún tiempo antes de que volvamos a vernos.

—¿Me escribirás?

Me echó una pestañeada que fue casi un puñetazo. Extrajo de su cartera un mapa de Londres, doblado en el segmento que correspondía a la cárcel y puso su dedo en un cruce donde se iniciaba un parque.

—Raymond, yo no estoy para esa babosada de andar escribiendo cartas. Tú me ayudaste a mí, yo te ayudo a ti.

—¿Cómo?

—He organizado tu fuga de la cárcel.

Retuve la sonrisa incrédula que comenzaba a abrírseme y en cambio miré con atención el mapa.

—¿Cuándo?

—Mañana.

Miré hacia los guardianes que nos observaban imperturbables, mi suspiro levantó las puntas del plano. Sophie comenzaba a trazar con una uña el trayecto de la cárcel hasta el Palacio de Justicia. Se detuvo en el inicio del parque.

—Te llevarán a las ocho para el primer interrogatorio. Se trata de un careo con Braganza. En el auto policial

sólo te acompaña un guardia. En este cruce, un taxi les
va a interferir el camino. Habrá un escándalo. Ese es el
momento en que te bajas del coche y escapas por las
escaleras del metro.

Toqué con un dedo el cruce que me señalaba, casi
para convencerme de que no estaba inmerso en otra de
mis alucinaciones. El punto indicado era Grosvenor
Place esquina Halkin Street frente a los jardines del
Palacio de Buckingham. Y la estación de metro que se
me proponía era Hyde Park, pero tomando la entrada
de Pembroke.

—¿Y tú? —pregunté.

—Estaré rezando para que todo salga bien.

—¿Dónde?

—Por ahí.

—Escucha, pequeña. Basta con que uno de los dos
esté en la cárcel. Sé que es una frase tremenda, pero
cargo con gusto este fardo por amor. No quiero que
arriesgues tu libertad por mí.

—Para la justicia soy menor de edad. Si me atrapan,
me pueden dar un tirón de orejas, pero no me meten en
la jaula. Y tocante el escándalo, bueno, mamá y yo
hemos nadado en esa salsa desde que nací.

—¿Sabe tu madre de este... proyecto?

—¿Estás loco?

—Supongamos que todo resulta según tus planes.
¿Cómo sigue nuestra vida?

—Por un tiempo no nos vemos. Y luego tú me buscas.

—¿Y Braganza?

Sophie se puso seria. Tomó un papel de su cartera, y
cubrió el mapa de Londres alisándolo con sus palmas.
Había hablado atropelladamente en el temor de que nos
interrumpieran, y ahora se detenía en ese gesto cual si
tuviéramos todo el tiempo del mundo. Al cabo de un
minuto desprendió el sombrero de su cabeza y lo puso

sobre sus rodillas, y recién entonces me dedicó una mirada de maestra rural. Se la sostuve, en la esperanza de que ése fuera el prolegómeno solemne a una respuesta que aliviaría o hundiría mi existencia.

—En este papel —dijo en cambio— tienes el nombre de Richard Miles. El chico administra unos terrenos en las inmediaciones del Castillo de Chirk, en Wales. Conoce tu caso y te dará alojamiento algunas semanas. Está en lo alto de una colina. Te hará bien el aire después de esta pocilga. No te olvides de tirar el papel cuando vayas al *toilette*.

Se puso de pie y me pasó el sombrero para que se lo calzara. Le cogí la barbilla y se la levanté con alguna violencia.

—Contéstame a la pregunta —dije, mordiendo las palabras—. Necesito claridad. Desesperadamente necesito claridad. ¿Qué pasa con Braganza?

Ella puso muy mansa una mano sobre la mía y luego inclinó el cuello de modo que nuestras manos quedaron unidas sobre su hombro.

—Suerte, Raymond —susurró antes de irse.

Me eché unas copas con el psiquiatra, no de *Dom Perignon*, sino del vulgar *Johnny el Andador,* y le pregunté qué me pasaría si intentara fugarme.

—Nada, hombre —me dijo—. Llenan un papel certificando que te hiciste polvo, le ponen un sello, y se lo entregan a Scotland Yard. Estos llaman por teléfono a tus amigos y parientes y preguntan por ti. Si no te encuentran en casa, te archivan, viejito.

—Así de simple.

—Contigo sí, porque eres un pájaro de poca monta. Imagínate que le disparaste a quemarropa al tío y éste anda por ahí vivito y coleando vacilándote a la campeona. Todo el mundo te tiene por un pan de Dios, hijo.

—De modo que podría levantarme, salir de aquí y tú no harías nada.

—No me daría ni frío ni calor. Después tendrás que atravesar el patio, donde te cazan con los reflectores, te gritan que te detengas, y si no obedeces echan un par de tiros al aire. Si todo va bien llegas a la salida, y ahí te las tienes que haber arreglado para saber la clave con la cual se entra a la sala del computador, y una vez en la sala del computador, conocer el número que tienes que apretar para que se abra el portón. Si pasas esa última barrera, te quedarían todavía los guardias en la calle, que sí tienen orden de tirar al cuerpo. Si quieres un consejo de colega, no lo intentes, pues las posibilidades de que te resulte están precisadas en el anuario de la cárcel que se publicó hace un par de semanas. Los chicos tienen un sentido del humor escalofriante. Le llaman a su revista: "La fuga".

—¿Cuántas fugas terminaron con éxito?

—Ninguna. Desde aquí, es inútil. Lo mejor es la que le sugería a tu pollita. Que te eches las de Villadiego cuando te lleven de la cárcel a los tribunales.

—De modo que hablaste con ella.

—Horas. Se ve mejor que en la tele.

—¿Qué impresión tuviste?

—¡Que está loca por ti! ¿Qué le hiciste, chico?

—¡Qué me hizo ella a mí!

—¡En tu caso, yo haría lo posible por pegarme el raje! Mientras estés en chirona se la van a comer con huesitos y todo.

Estaba a punto de vomitar bajo el efecto de los

estimulantes de Ronald Ray Jr. Apreté una mano en la
otra para impedirme ahorcarlo. No podía ser que me
dejara ganar por el descontrol. Si le sembraba unos
moretones en el cuello, me quedaba sin aliados, y en una
de ésas perdía la calma, me recetaba otra vez la celda, y
la fuga de mañana debería aplazarse.

—Díme, *Duckie*. Si intentara fugarme, como *tú* plan-
teas, qué chances tengo de salir de la aventura.

—Sesenta por ciento. Si el guardia dispara, treinta
por ciento de posibilidades de que te mate, y treinta por
ciento de que te deje paralítico.

—¿Y para salir bien?

—Ahí es necesario que el guardia no dispare, o que
dispare al aire. Por eso lo mejor es ponerle a alguien
entre medio que obstaculice el trayecto del proyectil.
Una mujer o un niño. Pero de todo esto hablamos con tu
pollita. Le dicté cátedra.

Nos llenamos dos vasos de *Johnny el Caminante* eti-
queta roja. Yo moví el cuello con melancolía y el doctor
Ray Junior escanció cubos de hielo desde un termo.
Puse una mano en su rodilla.

—Entre colegas —dije con tono solemne—. ¿Cuánto
tiempo crees que me van a echar?

—Siete.

—¡Pero es lo mismo que me promete mi abogado!

—En Londres son severos con quien carga armas.

—¡Como extranjero no tenía por qué saber la legislación!

—Por eso siete y no diez. —Un vendaval de palidez
debe haberme sacudido, pues alzó su vaso pidiendo un
brindis.— Anímate, hombre, que aquí la estamos pasando bomba.

Choqué su vaso y me propuso mandarle una postal
desde Wales, la próxima semana.

Cuando al día siguiente me vinieron a buscar tempranito, el guardia encontró al Dr. Raymond Papst vestido de gala. Traje corte francés impecablemente planchado por la enfermera, corbata de seda con un prendedor algo aparatoso, camisa tiesa de almidón que remataba en colleras de millonario, y media libra de gomina para que ni un pelo pareciera incontrolable. Quería darle la sensación al guardia que me acompañaría en el coche de que antes que vigilarme su misión era proteger al ministro de relaciones exteriores contra algún atentado terrorista. En circunstancias normales no hubiera extremado la sección atuendos, pero un buen traje y un carraspeo bostoniano tendría que causar su efecto en un vigilante cuyo mayor mérito consistía en escupir sobre el juego de dardos en los muros de su *pub*. Por tanto no me había importado haberme desprendido de esas libras, que me harían falta en Wales, por los servicios extracurriculares de la enfermera. El colega Ray Junior autorizó que me prendiera una corbata, firmando de puño y letra que no corría peligro de ahorcarme. Un *look* al espejo del pasillo, me reveló la imagen buscada, y suspiré satisfecho. Quise extremar la cuerda con la siguiente treta: al llegar el coche policial, no abrí la puerta, sino que, altivo, esperé que el guardia lo hiciera por mí. Los dientes me rechinaron cuando éste me gritó con voz cavernaria:

—Mueve tu culo, guapo, antes que te entre a patadas.

Love's labour's lost, como diría Willie. Ahora sabía a qué atenerme. No me cupo duda de que ese vigilante me alentaría una bala en las sienes sin escrúpulos en cuanto hiciera un gesto sospechoso. Para certificar esta impresión, se hundió en la poltrona trasera del coche, y con cara de malas pulgas puso su velluda manopla sobre la cartuchera del revólver. Según los cálculos de Sophie llegaríamos al punto de la emboscada en unos quince minutos, tiempo más que suficiente para ponerme en claro con mi vida.

El delito tiene su propia lógica y un vértigo que le es inherente. Una cosa va llamando a la otra. Hacía poco tiempo me torturaba la perspectiva de besar a la chica que amaba por temor a represalias, y ahora que había disparado a alguien, que estaba al margen de la ley, iba a arruinar las perspectivas de una condena benévola con un escape espectacular que pondría lívido a mi abogado. Con una sonrisa, me pregunté dónde me llevaría el camino menos transitado, aquel del que se ufanaba en mi libro de liceo el poeta Robert Frost. Sentía cosquillas en mi corazón. En verdad estaba animado de entusiasmo por mi insensatez. La idea de que el paso siguiente era luchar por el amor de Sophie me parecía tortuosa, pero con todo infinitamente más atractiva que administrarle píldoras a mis ancianos pacientes berlineses.

El tránsito en Londres se mueve al ritmo del caracol a esa hora de la mañana y tuve tiempo también para dedicarle una mirada piadosa a todos esos seres entramados en sus vacuas rutinas. *A crowd flowed over London Bridge, so many, I had not thought death had undone so many.** Había que dotar a la vida de un sentido. Corregí esa frase adolescente: había que dotar a la vida *de un acto* que alumbrara esos túneles donde nos autofagoci-

*"Una multitud se derramaba sobre el puente de Londres, eran tantas, que nunca me imaginé que la muerte tuviera tanto trabajo."

tamos. Viendo a esos miles obsesionados por llegar puntuales a citas vacuas comprendí que aunque mi vida carecía de sentido, como la de ellos, estaba a punto de cometer *el* acto, no importaba cuán fugaz fuera ni cuán incierto resultase su desenlace. A la altura de Kensington Road definí mi postura frente a la existencia en términos baudelarianos. Había que emborracharse de vino, poesía o virtud. Eso me explicaba ahora la fascinación de tantos millones de espectadores cancerosos en sus seguridades y rutinas, por antihéroes en el cine que se vestían con harapos, que se desgarraban las gargantas con sus propias uñas, que violaban las leyes sagradas y las humanas, y a quienes esos espectadores no invitarían ni a tomar un té en sus casas si algún día los encontrasen personalmente, y a quienes ni mirarían si los vieran pasar una tarde por la calle. Sólo los recogían con devoción en las pantallas, y se los llevaban al lecho, para alentar sueños inconfesables. Todos querían la emoción del peligro, sin arriesgar ni un peso; ni siquiera la uña del dedo meñique. He cuidado mi lenguaje hasta ahora convencido por el lema de que lo cortés no quita lo valiente. Mas ahora, a punto de terminar mi relato, voy a permitirme una grosería que me sale del corazón: "Métanse su mundo por el culo". Yo, el doctor Raymond Papst, era de sangre, huesos y sueños, e iba a provocar *mi acto*, porque no era de celuloide, porque mi cuerpo no era un fotograma perdido a través del cual los niños contemplarían directamente el sol.

El mapa que había memorizado me indicó que llegaríamos al cruce de Grosvenor Place con Halkin en un par de minutos. Era un día radiante. Las vitrinas de las tiendas devolvían centuplicados los rayos del sol mañanero llenando de nerviosas partículas el aire. Sentí mi mejilla ardiendo al ponerla contra el vidrio del coche.

Entonces palpé la manilla. En pocos segundos tendría
que bajarla, abrir la puerta y echar a correr. Estaba
puesto el seguro. Tamborileé sobre él, y con aspecto
distraído lo levanté sin que el hosco guardia le prestara
la menor atención. En ese momento un taxi se cruzó
violentamente desde la izquierda y el chofer de nuestro
auto frenó con tal brusquedad que todos fuimos impul-
sados hacia adelante. La puerta del guardia fue abierta
desde afuera. Allí estaba Sophie Mass.

Hubiera esperado un batallón de enmascarados del
IRA, pistoleros de Cardiff con una media de nylon dis-
torsionándole los rasgos, lustrabotas de Liverpool, y
adolescentes golfos con hondas en tensión, patoteros de
New York traídos a Londres en Concord, meticulosos
chinos con corvos puñales en sus falanges nerviosas,
altivos zulúes de ojos encendidos y lanzas rascando las
nubes, pistoleros mexicanos con bandas de municiones
atravesándoles el pecho y el rostro oculto bajo la sombra
del sombrero, mafiosos italianos a tórax descubierto y
medallitas con una cruz sobre la punta del cuchillo
amenazante, un batallón de pigmeos que morderían los
tobillos del guardia y roerían los neumáticos del coche
hasta dejarlos exhaustos, kamikazes japoneses lanzan-
do al aire sus espadas cual festival de serpentinas,
cualquier persona o grupo, batallón, contingente, raza,
muestra, monstruo del género humano, pero *nunca*,
jamás de los jamases, que apareciera en esta operación
delictual Sophie Mass en persona.

En el mismo instante en que la chica había abierto la
puerta, el guardia había desenfundado su revólver con
los reflejos de un tigre. Su caño apuntaba directo a la
frente de Sophie y un grito pavoroso me surgió desde
una intimidad abismal. Chillé como una fiera herida y
los ojos se me cargaron de lágrimas calientes. El presentimiento de muerte, inducido por todas las heroínas

agónicas de mis letradas noches carcelarias, me hicieron concebir en un segundo la muerte de mi ángel, su frente astillada por una munición de esa bestia, su vigorosa sangre esparcida en el empedrado frente al Palacio de Buckingham. Sus ojos refulgentes y su quijada voluntariosa me hicieron el gesto conminándome a saltar del auto y huir. El chofer del taxi que había detenido nuestra marcha, estaba de pie al lado de su vehículo y miraba incrédulo mi inacción, sin entender que la aparición de Sophie me hubiera petrificado. Nunca sabré si esa dilación fue bendita o fatal. Sólo recuerdo que el guardia volvió a cerrar su puerta con brutalidad, y que luego bajó el seguro. Recuerdo que el chofer echó marcha atrás y en una maniobra rápida evitó al taxi que lo cruzaba. Evoco a Sophie con sus brazos abiertos, el rostro demudado de incomprensión, atónita al ver que yo no huía.

Yo, que estaba dispuesto al más rufianesco de los heroísmos, sentí que me iba hundiendo en una pantanosa cobardía. Es por ella que lo hice, pensé. Fue para evitar su muerte que no huí. Sólo un acto de renunciamiento, de fervoroso sacrificio, había impedido que el guardia gatillara su revólver. Quizás todo hubiera podido y debido ocurrir de otra manera. Tal vez, al correr hacia el metro *Hyde Park*, el vigilante hubiese descargado sus municiones en mi cerviz y mi sangre de manso cordero —no encuentro otro vocablo ni adjetivo con que autodespreciarme— habría concluido con mi historia y mi pesadumbre. Mi altruismo o mi felonía quisieron que viviese. No pude dejar de llorar en el auto por Sophie, pero sobre todo por mí mismo. Una autocompasión que confieso, aunque me repugna.

El guardia enfundó su revólver en la cartuchera y me codeó fraternalmente:

—No llores como mariquita, hombre —dijo.

Abrevio el resto puesto que casi todo tiene un tufillo a mediocridad. El abogado y el psiquiatra se engranaron de maravillas, y en un alegato que no hará historia en los tribunales y que no levantó ni un parrafito en la prensa, convencieron a un somnoliento tribunal de mi demencia temporal. Me condenaron a cinco años, y Lawford pone sus manos al fuego que, cumplida la mitad de ese plazo, me pondrán en libertad en mérito a mi buena conducta. Sophie ganó el torneo de Los Angeles, pero después perdió una competencia mediocre en Melbourne, otra de quinta categoría en Montreal, y fue finalista, pero perdió, en el *Open* de New York. Los diarios comentaron con abundante material gráfico la fiesta de sus dieciséis años en Mallorca. En las ilustraciones se la ve envuelta por señores de rostros curtidos, a la patrón de yate, doradillos, y de trajes frívolamente claros. Entre ellos, con rostro atormentado, y vista fija en el foco del aparato fotográfico, se divisa en una ocasión a Pablo Braganza. Tardaron en escribirme. De Sophie tuve noticias recién en Navidad. El mismo veinticuatro de diciembre el guardia me trajo un paquete envuelto en festivo papel oro, enviado desde Saint Louis, Missouri, que contenía la raqueta con la cual había ganado un torneo allá por los Apalaches. Adjuntaba una tarjeta con el siguiente texto: "Keep fit. Love. Sophie".

Braganza, por su parte, se pronunció en un par de ocasiones, ambas sutiles. La primera a través de una foto con el hechizo que tienen las imágenes captadas en plazas provincianas por máquinas de cajón. Irradiaba la misma sonrisa que recuerdo de Burt Lancaster en "The Rainmaker" con un brazo alrededor de los hombros de Sophie y la cabecita de ella apoyada en el cuello de él. La atmósfera podría ser española o portuguesa. Esta última sugerencia me intranquilizó, pues en la mansión del barón von Bamberg se había mencionado una vez la Casa de los Braganza en Portugal después que éste volvió de las ceremonias nupciales de María Cristina de Austria con un señor australiano. Con el típico tinte sarcástico de mi suegro, nos dijo que existió un Braganza que había sido desterrado a Castilla en el siglo XV, y que de vuelta en Portugal, casado ya con una hija de los duques de Medinasidonia, le había dado muerte tras prestar oídos a ciertas confidencias donde la presentaban a su esposa como adúltera. Obseso por el destino literario de tantas jóvenes heroínas, rogué a Dios que el joven Pablo no tuviera el mismo talento que su ancestro. Al reverso de la foto, en la ampulosa letra del muchacho, había una delicada dedicatoria:

"Pensamos siempre en ti. Sophie y Pablo."

La otra misiva era tan cariñosa como aquélla:

Supe lo de tu incidente en Londres, pues tuve que prestar dinero a Sophie con que contratar vehículo y personal para la operación. Mientras ella arriesgó la vida, tú te cagaste entero, hermano. Con la amistad de siempre, Pablo Braganza.

Ana se manifestó hacia fines de año con una cajita de champagne para la noche de Silvestre. Era una media docena de melancólicas Pommery, que consumí de una zampada con el guardia nocturno y dos mellizos convictos por asaltos de un banco en Aberdeen. En la tarjeta postal adjunta me informaba que Mollenhauer, después de un concierto de jazz en la Philarmonie se le había declarado *formalmente* y le había pedido matrimonio. Textual de Ana: "Le di de calabazas".

Dos últimas acotaciones. Primero una información de carácter deportivo. Después que los presos despejan la cancha de básquetbol, bajo hacia ella impecablemente vestido de blanco, y juego a hacer rebotar una pelota contra el paredón usando la raqueta navideña, de Sophie, en absurdo remedo de un partido de tenis contra un fantasma. Este placer me cuesta un soborno de sesenta libras mensuales, y las pifias de todos los delincuentes, que envidiosos, lanzan carozos de frutas y salivazos por entre las rejas de sus celdas. Yo sigo las órdenes de Sophie, y religiosamente me mantengo *fit* derrotándome a mí mismo, una hora por día, aunque llueve y truene.

Por estos días se ha popularizado una canción llamada "Match Ball" que tarareo desde temprano en la mañana, y que los presos a veces cantan inspirados por mis raquetazos crepusculares. Retuve de ella una estrofa que transcribo con empatía:

> *"It was so funny to give it a chance,*
> *to enjoy the pleasure of a hidden light,*
> *but now we are in the middle of the storm:*
> *match-ball."**

---

*"Fue divertido darle una posibilidad / y disfrutar el placer de una luz misteriosa. / Pero ahora estamos en medio de la tormenta: / *match-ball*."

Esta tercera edición se terminó
de imprimir en Agosto de 1994
en los talleres de
Valgraf Ltda.
General Bari 237, Providencia, Santiago